疑う力

真山 仁

文春新書

1447

はじめに

「正しいを疑う」は、私の長年の座右の銘のひとつです。

これは、小説を書く時にも、常に構想の骨格にあるとても大切なテーマです。小説ごとに扱うテーマは変わっても、「正しいを疑う」という視点を終始一貫持ち続けています。

社会で常識とされていること、当たり前だと思われていることはたくさんありますが、本当にそうなのか。

また、いろんな人が「自分は正しい」と主張しているが、その正しさは本物なのか、誰がそれを決めるのか。

多くの人が「正しい」と決めたら、それにはもう異議をはさめないのか……。

日本人の多くが、自分は「正しい」側に立ちたいと願い、常に周りを見渡し、立ち位置を確認しながら不安を抱いています。

そしてその不安は、自分の「正しい」を他人に押し付けたり誰かの「正しい」を罵《ののし》ったりする衝動へとつながっていく。

その原因として、個人が入手する情報の量や質のばらつき、ますます巧妙になるフェイクニュースなどが考えられますが、とりわけ深刻だと私が感じているのは、〝疑う力〟が極度に弱くなっていることです。

本書では、現代の日本社会が抱える諸問題を題材にした自由な議論を通じて「正しいを疑う」力を養っていきたいと思います。

人の数だけ「正しさ」がある

正しさ同士が対決するというのはよくあることですが、日本人は、そんなことは、あってはならないと思っているふしがあります。だから、この国は多様性を受け入れるのが難しい。

多様性というのは、いろんな立場の人それぞれが、「私はこれを正しいと信じている」という意見を持っていることです。

つまり、人の数だけ〝正しさ〟がある——という意味です。

ところが、日本は長い年月単一文化で、民族的にも単一とまでは言いませんが、島国ゆえに〝mono（モノ＝単一の）〟社会が続いています。

その中で、長く認められてきた〝正しさ〟に対して「それはおかしいんじゃないか」「いつまでそんなことをやっているんですか」という意見を持つ人たちを、同調圧力によって封じ込めがちでした。

しかし、いつまでもそんなことを続けているわけにはいきません。

グローバル化が叫ばれる今、日本社会として多様性を認める方向に進む道を選ぶのであれば、「正しいを疑う」姿勢が必要です。

すべてを否定的にとらえる必要はありませんが、自分の経験や知見を踏まえて「これって本当かなあ」と考える姿勢は常に持ってほしいと思います。

猜疑心のかたまりになりましょうとまでは言いませんが、違和感を持つことを恐れないでほしい。

なんにでも「ふむふむ」と納得しないで、自身の違和感に磨きをかけてもらいたいのです。

「自分事」として考える

何かを学ぶ際に大事なのは、「自分事」にすることです。

一般論として受け止めるのではなく「自分事」として考えると、引っ掛かりや違和感が生じる。それらを解決していくためには、分かったふりをしない姿勢がとても重要です。

疑問を持ったら、質問する。

分からないことは、分かるまで聞く。

他者と議論する意義はここにあります。

多くの人が、日常の中のいろんな場面で、何かしら引っ掛かりを感じている。

「このモヤモヤは何だろう」「みんなはそう言うけど、自分には違和感がある」というとき、その原因を見極めていくためには、何が分からないかを言葉にする必要があります。

同時に、自分が読んだり聞いたりした話を自分の言葉に変換して他者に伝えるための努力も重要です。

分からない点を明確に自覚し、その上で、「私はこう思う」と自分の言葉で相手に伝える。

得た情報をそのまま鵜《う》呑《の》みにするのではなく、「ここは分かるけど、ここはよく分からない」「これは要するにこういうことが言いたいのだな」などと、「自分事」に落とし込んでいく。

その上で、自分の言葉で発信し、伝えるというのは、実に難しいものです。

プロの記者たちでさえ「伝える」ことに悩んでいる

コロナ禍の真っただ中の二〇二一年から現役の新聞記者などジャーナリストを対象とした「塾」を月に一度開いています。

参加する記者たちの多くは三十代、一般的な取材なら一〇分もあれば話を聞いて記事を書ける優秀な人たちです。それでも彼らがこの塾に通うのは、悩みを抱えているからです。

「一歩踏み込んだ取材ができない」

「インパクトが足りない」

「記事が読者の心を捉《とら》え切れていない」

それに対して私は、自分の言葉に翻訳して、取材ができているかと問い続けています。

人の話をそのまま受け取るのではなく、「これはこういう意味だな」と「自分事」として理解しようと努めれば、分からないことがあったり話の矛盾に気付いたりした場合は、その場ですぐに質問できるはずです。

たとえば、安全保障について専門家に取材しているときに、「台湾問題が深刻で、台湾をめぐってアメリカと中国が戦争をするかもしれない。日本もそれに巻き込まれるだろう」と言われたとします。

そのときに「現状で日本と中国が戦争をするとは思えないのですが、どこかに具体的な兆しはありますか」と聞けるかどうか。

あるいは、「私の周りには中国人と結婚している人も多いし、留学生もたくさんいる。日中の仲が悪いとは思えない」という率直な疑問をぶつけられるかどうか。

それができるためには、生活や職業、経験に基づいた自分自身の価値観がきちんと確立されている必要があります。

相手の話に寄っていくばかりだと、そういう質問はできないし、結局は相手の話を真に理解も納得もできません。

納得するために質問する

プロの記者であっても、取材後にいざ書こうと思ってうまく書けないのは、自分が納得していないからです。

大切なのは、納得するために質問を続ける姿勢です。

良い記事を書くためには良い質問が必要ですが、良い質問をするためには「納得できているかどうか」を自分自身に問い続けなければなりません。

できていないなら、できるまで聞く。

これは、恥ずかしいことではなく、話をしている人に対する礼儀だと私は思います。

それぞれに経験値も違えば、専門の領域も違う。すぐに理解できないのは当然です。

ただし、議論の場においてはルールがあります。

自己主張をして相手を言い負かすのが議論ではありません。なぜなら、議論とは意見交換を行い、各自の考えを理解した上で落としどころを模索するものだからです。

他人の意見を聞いて、そういう考え方もあるのかと知る。それが多様性への第一歩です。

その上で、「本当に、そうかな？」と考える。

複数の人間が集まったときに、全員の意見が一致することはめったにありません。

「人を殺してはいけない」レベルの話であれば、ほぼ全員が合意するでしょうが、それでも「殺されるようなひどいことをした人なら殺されてもしょうがない」という意見があるかもしれません。

人の意見を頭から否定するのではなく、「私はそうは思わないが、どうしてそういう考え方ができるのかが知りたい」と互いに尋ね合えると、議論が活発化します。

この思考の流れこそが本書のテーマ、「正しいを疑う」です。本書では世間で議論されながらも答えを見つけにくいテーマを取り上げて、〝正しい〟という厄介な命題を解きほぐしていこうと思います。

本書は、二〇二三年四月～九月にかけて、慶應ＭＣＣ（丸の内シティキャンパス）のagoraにて「真山仁さんに聞く【〝正しい〟の疑い方】」と題して開催された講座を基に再構成したものです。

本書のベースとなったクラスでは、毎回、テーマに合わせてショートショートを書き下ろしました。また、参加者に事前課題を示し、レポートを提出してもらい、講義中も活発な議論を行いました。本書でもそれを踏襲して、ショートショートや、課題や発言の一部を掲載しました。

疑う力

◉目次

第一章　ハゲタカ作家が語る幸せ論

BLUE BIRD

「ねえ、マスターは、幸せ？」

　黒のワンピースに真珠のネックレスでやってきた常連の女性客が、唐突に言葉を投げてきた。

「それは、難問ですね」

「そう。極めて」

　親友の通夜の帰りなのだという。

「彼女は、ずっと私の憧れだった。才色兼備で、家庭にも恵まれて。世の中の幸せを独り占めしているような人だったの。なのに自分で命を絶つなんて」

　目の前のお客様も、じゅうぶん幸せに見えると思っていたので、ますます答えにくくなった。

「それに引き換え、私はずっと不運だった。仕事も恋も、失敗続き。何をやっても、うまくいかない。やることなすこと、裏目に出てばかり」

　それでも、この方はへこたれない。いつも生き生きとした表情を浮かべ、気持ちの良いお酒の飲み方をなさる。こういう方こそ、幸せだと私は思っている。

「いつだったかなあ。あなたの方がずっと幸せよって、彼女に言われて、ムカッとしたのを、微笑《ほほえ》んでいる遺影を見て思い出したの」

幸せな人は、自分は幸せだろうかと自問しない――。

私は、そう思っている。幸せなんて泡のようなもので、摑んだ瞬間消えていく。

それでも怯《ひる》まず生きている人は、とても幸せなのだ。

私は、タンカレー、ブルー・キュラソーなどを並べて、カクテルをおつくりした。

「これが答えなの？」

「『ブルー・バード』と申します」

【課題】資本主義の限界に言及する流れと呼応する形で、「幸せ」「Well-being」に注目が集まっている。経済の停滞が続く日本における幸せの形とはどのようなものか。

（太字は受講生たちの事前レポートより一部抜粋）

「現状は政府が人々の不満にどう応えるかという『与えられる幸せ』にすがっている」

「衰退してく日本の中で生きていくための題目になっている」

「大病を患ったことで、普通に平凡に生きること、行動できることが幸せだと悟った」

「経済の停滞が続く中、価値観の転換が必要。『人と人』『人と社会』のつながりの構築が今後幸せの形になる気がする」

「幸せ」とは何か

冒頭のショートショートの感想を含め、みなさんの「幸せ」論をお聞きしたい。

「幸せな人は、自分が幸せかどうかを自問しない。自分のことは自分ではわからないというのは確かにありますね」

「メーテルリンクの青い鳥のように、幸せは身近なところにあるのだと改めて感じました」

「幸せは求めすぎると、ないものねだりになるのかな、なんてことを考えました」

「今の社会では、幸せの定義をみんなが求めている気がします」

幸せの定義を考える

童話『青い鳥』（メーテルリンク作）は子どもの頃に読んだ人も多いでしょう。

「探していた答え（幸せ）は、あなたの中にある」という話です。

シンガーソングライターの中島みゆきさんが、私はとても好きなのですが、一九八四年にリリースされたアルバム『はじめまして』に収められている「僕は青い鳥」という歌があります。

〝幸せになりたくて　人は変わってゆく
幸せを追いかけて　狩人に変わってく
青い鳥　青い鳥　それは自分なのに

青い鳥　青い鳥　今夜も迷子〟

結局、幸せとは自分自身の心の持ち方であるというのが、たぶん結論なのでしょう。ただ、実際には、そんな生易しい話ではない。もう少し理屈っぽく、幸せというものを正面から一度考えてみるべきだと思います。

幸せについて語るとき、人は、精神的な幸せと物質的な幸せ——すなわちお金、その二つに言及します。両方の幸せが、常に葛藤している。

私が小学生の頃ですから、もう五十年近く前の話ですが、通っていた公立小学校の道徳の授業で「幸せとは何か」を子どもたちに考えさせる時間がありました。

誰かが「お金持ちになること！」と答えます。

それに対して先生は「お金がいくらあっても幸せにはなれない」と、口を挟む。

そこで、私のような小賢《こざか》しい子どもが手を挙げて「気持ちの問題だと思います」と答えると、先生は「いい答えね」と喜ぶ。

しかし、そんなのは嘘です。

給食費を払うのにも困るレベルの貧しさを抱えている子どもが、「気持ち」で幸せを感じられるわけがない。

どうも日本人は、幸せを精神的な方向で語りたがります。

「清貧の教え」が大好きな日本人

バブルの頃に『一杯のかけそば』の話が広くもてはやされました。

母と子ども二人が大みそかの蕎麦屋で一杯のかけそばを注文し、三人で分け合って食べる……という話に多くの人が感動しました。

いわゆる清貧の教えです。

ある政治家が、この話が大好きだったというエピソードを読んだことがあります。

ですが、政治家がこういう話を国民に押し付けてはいけない。

お金がなくても幸せになれるという考え方は大事ですが、「国民を豊かにします」と主張して選挙に出て選ばれた政治家が言うべきことではありません。

つまり、立場やシチュエーション、発言者によって白が黒になり得るくらい、幸せの定義とは面倒なものです。

バブル経済が膨張した頃から、失われた三十年と言われた平成時代まで、誰もが「お金が人を幸せにする」と信じていました。

国際政治でさえ経済に振り回されていたし、世界がクラッシュする原因は、軍事の拡大よりも経済の暴走の方が多かった。リーマンショックもそうですし、紛争のいちばん大きな理由は経済です。お金で世の中が動いている。

けれども、小説『ハゲタカ』を書いていることもあって、たくさんの資産家と知り合いになりましたが、正直なところ、必ずしもお金が彼らを幸せにしているようには見えませんでした。

じゃあ、清貧の方が幸せなのか。

それもまた、微妙なところです。

欲しいものがないという不幸せ

潜在的な欲望として、お金に対する渇望感がある。

その一方で、若者たちの多くは「欲しいものは特にない」と言う。その欲の無さが、人を不幸せにしているのかもしれません。

小説のための取材で、アフリカの最貧国であるニジェールに行ったことがあります。

開発途上国と呼ばれる国はたくさんありますが、その多くでは、現地の子どもたちは外国人を見ると「何かくれ」「これを買ってくれ」と群がってきます。いくら「NO」と言っても、いつまでもつきまとってくる。

ところが、ニジェールの子どもたちは群がってきて何かをねだるのは同じなのですが、「NO」という意思表示をすると、あっさりと離れていく。

不思議に思って地元のコーディネーターに聞くと、「この人は、今日は僕たちに分け与えるものを持っていない」とあきらめるのだと教えてくれました。

つまり、あまりにみんなが貧乏で、お金を持っている人の数が圧倒的に少ないゆえに、〝タカリ〟の我慢が足りない。タカってても無理だとすぐにあきらめる。

大変驚いたので、このときのことは今でもはっきりと覚えています。

結局、幸せやお金への欲望は、相対的な関係によって大きく変わるものなのでしょう。

だから、自分の置かれている立場をベースにして考えないといけないのですが、日本人にはそれがなかなかできない。

なぜなら、日本がどういう国なのかを客観的に知る機会が、国内にいるとほとんど無いからです。

そのせいで、幸せとは何かという定義づけがしにくいのだろうと思います。

刹那的な幸せと永遠の幸せ

たとえば、吹雪の中を歩いて家にたどり着いて、暖かい部屋で熱々のココアを飲む瞬間の幸せ――。

これは、最も分かりやすい幸せの一つです。貧富の差も欲望の有無も関係ありません。大変な思いをしたからこそ一杯の水、一杯のココアに幸せを感じる。

今日はよく頑張った、思いもかけない人から褒められたというのも刹那的な幸せに数えられるでしょう。

でも、多くの人は、これを幸せの定義としては認めない。

永久に続く幸せを求めているからです。

毎朝、「ああ今日も幸せだ」と起きて、夜には「ああ幸せな一日だった」と眠りたいと望んでいる。

しかし、そんなのは、無理です。

私たちが幸せを感じるのは「たまに起きる」喜びに対してです。

戦争が起き東京が焼け野原になったら、屋根の下で眠れるだけで幸せです。でも、日常では、暑い夏の夜にエアコンが効かないだけでムカッと腹を立てたりする。永久的な幸せを追い求めるというのは、本当に難しいことです。

少し小説家っぽい発言をしますと、刹那的な幸せと永遠の幸せは、「恋」と「愛」の違いに近いのではないかと思います。

また引用になりますが、さだまさしさんの『恋愛症候群』という歌の中に、こういう一節があります。

〝求め続けてゆくものが恋　奪うのが恋
与え続けてゆくものが愛　変わらぬ愛〟

「変わらぬ」という愛の状況、そういう心境にまで到達すると、どんな状況でも幸せになれる。一方、恋をしているときは、ドキドキして楽しいけれど、ずっと続くと疲れてしまう。

つまり、ずっと奪いたい、「欲しい、欲しい」と思う気持ちが続いていくと、なかなか幸せの境地にはなれないのかもしれません。

なぜ、幸せを探そうとするのか

今、若い人たちが幸せを感じにくくなっている――、そういう実感を皆さんもお持ちなのではないでしょうか。

経済的に右肩下がりが続き、国としての成長が難しくなっている。未来を考えたときにネガティブな要素がたくさんあるにもかかわらず、国は「Well-being」を謳い始めました。

（参考／内閣府〈ウェルビーイングとは〉肯定的な物から否定的なものまで、人々が自分の生活について行うあらゆる評価と、人々が自身の経験に対して示す感情的反応を含む良好な精神状態）

ビジネスの世界でも、急に「幸せ」や「幸福論」といった言葉が前面に押し出され始めています。どうしてでしょうか。

その疑問を自分事に落とし込んでより深く考えてみましょう。

焦る老人、守る若者

なぜ、今、みんながこんなにも幸せを探し始めたのだと思いますか。

「定年間近になって、趣味がない、プライベートでは友人もいないと焦り始める人たちが多い。人生百年時代で、まだ数十年も残っているのに、楽しみがほとんどない。その焦りから、急に、老後の幸せとは何かを考え始めているような気がします。長く生き過ぎることが、ある意味幸せを遠ざけてしまっているようにも感じます」

確かに、老後の幸せをどう築くのかは、ますます重要な課題になっています。

一方、若い人たちが幸せを求めなくなったのはなぜでしょうか。

「若者たちは、もうすでに『十分足りている』のだと思います。これ以上の幸せを追い求めることにリスクを感じている」

安定を好み、幸せを追い求めない若者たちが増えているにもかかわらず、「幸せ」の定義がフィーチャーされて、それについて考える機会が増えている。それは、なぜでしょう。

「高度成長期には、一億みんなが先行きに希望を感じていた。幸せに向かっているという実感があったから、取り立てて幸せについて考えなくてもよかった。ところが今は、将来に対して閉塞感がある。だから『幸せって何？』と考えざるを得ない。それが昨今の幸せ論ブームじゃないでしょうか」

資本主義が限界を迎えている？

「日本は今、資本主義の限界を迎えていると思います」

資本主義の限界というのも、ぜひ議論したいテーマです。

私自身は、現在の日本が資本主義の限界を迎えているとは思いません。

なぜなら、資本主義というのは本来、弱肉強食ですから、もっと金持ちが増えて、もっと貧乏人が増える。つまり、搾取する人と搾取される人にはっきりと分かれるはずなのですが、日本は、バブル経済がはじけるまでは、そんな国ではなかったからです。すでに暗黙知としてみんなが分かっているように、日本は世界で最も成功した社会主義国家だと言っていいでしょう。一生懸命働いたら、国がそれなりに面倒を見てくれる。中国にも旧ソ連にもできなかったことに成功しました。

たとえば、医療制度。明確な数字は出ていませんが、コロナ禍で亡くなった人数が、アメリカで桁《けた》外れに多かったのは記憶に新しいでしょう。

これは、民族的な理由もあるかもしれませんが、医療制度の問題が大きいと思います。つまり、国民皆保険がない国では、病気になったら、医者にかかれない貧乏人は死ぬ。アメリカで死者を収入ごとに見たら、低年収の人ほどたくさん死んでいることが分かると思います。

それに対して日本は、収入の多寡《たか》にかかわらず国民皆保険が機能している。貧困家庭で生活保護を受けている人は、保険料を支払わなくても保険証をもらうことができます。ただし、「ちゃんと働きなさい」という説教はされる。

日本というのは、説教はするけれど、ちゃんと国民を救う国です。

本物の「弱肉強食」が始まった

ところが、バブル崩壊後、日本ではいつしか「自己責任論」が叫ばれ、企業は自分たちが生き残るために、社員を切り捨て始めました。

結果的に、この失われた三十年で、日本は初めて、資本主義国家になりました。資本主義の限界を迎えたのではなく、本物の資本主義がやってきたのです。

これに、日本国民は慌てました。国までが「今後は、自己責任で」と言ったので、見捨てられたような気になった。これまでずっと守ってもらってきたから、準備も心構えもない。突然のことに泡を食ったわけです。

バブル経済が崩壊する前の日本の資本主義は、〝日本的資本主義〟です。

中小企業はどれだけ借金を抱えても、地元の銀行が救ってくれました。不良債権を抱えてもやっていけるだけの、地域の中で完結できる経済文化を私たちはかつて持っていたのです。

しかし、それは、資本主義の原則で考えると「あり得ない！」「不良債権を抱えて救ってもらおうなんて言語道断だ」となってしまう。

そのプレッシャーを受けて、地方銀行までもが、メガバンクや外資系のシビアな金貸しのような態度を一斉にとり始めたせいで、地方経済が崩れていきました。

目の前に、グローバルスタンダードの資本主義を突きつけられたせいで、それが、今、私たちを不安にさせています。

日本的なものを失い始めたと同時に、幸せも見失ってしまった。

ということは、「日本的な幸せとは何か」を掘り起こせば、また幸せが見えてくるような気がするのですが、どうでしょうか。

「働いた分の給料をくれ」と求めるのが資本主義

日本が〝世界で最も成功した社会主義国家〟である裏には、重大なマイナス面がありました。

それは、一生懸命働いた個人の努力が給料に反映されなかったことです。

企業は企業というコミュニティを維持するために、どんどん利益を貯め込みました。その代わりに、ボードゲームの「人生ゲーム」のように、結婚したら手当てを出す、子どもが生まれたらその都度手当てを出す、家を買ったり借りたりするのにも手当てを出すという福利厚生を社員に提供してきました。

「守ってあげているのだから、給料でごちゃごちゃ言わないでね」という暗黙の了解を通してきたわけです。それはそれで、双方にメリットがありました。

ところが、今は手当てをほとんど出さなくなりました。基本給は変わらなくても、手当てが減った分、実質収入は減ってしまったと感じている人は多いでしょう。

戦後、日本は「資本主義国家である」とずっと言い続けてきましたが、資本主義では、本来、働きぶりに見合う報酬を支払わなければなりません。真面目に働き、会社に大きな利益をもたらした従業員は、もっと給料をくれと言わないといけないのに、それができていない。組合も強くそれを求めない。ここに〝まやかし〟があります。

資本主義がむき出しになったこの三十年あまりを経て、今や国はもう、国民を守らない。企業も社員を守らない。だとすれば、「働いた分、給料をくれ」と言わなければなりません。それが本物の資本主義国家です。

なのに、企業はまことしやかに資本主義の限界と訴え、国は「幸せに生きる努力をしよう」と国民に呼びかけています。騙《だま》されてはいけません。

資本主義は、日本になじまない？

「本物の資本主義ではないぬるま湯的ななかにいたから、幸せだった。おそらく、日本人というのは、均質感や帰属感がないと、幸せになれないのではないでしょうか」

だからこそ、今、苦しくなっている、のかもしれません。

世界は日本に対して「資本主義に徹しなさい」と言い続けているが、日本人はみんなで仲良く「なあなあ」でやるのが心地いい。多くの日本人は、横並びや「ほどほど」が好きです。

それなのに、企業、特に大手企業がどんどんアメリカナイズされていきました。そのくせ、資本主義でやっていこうと言いながらも、従業員の給料を上げようとはしない。上げなくても文句を言われないからです。

資本主義の社会では、自ら手を挙げて主張しない限り何も与えてもらえません。これは日本にはなじみません。

今は、重要な過渡期にあると思います。

資本主義が、バブル後の三十年をかけてしみ込んできた。しみ込んできて、みんなが「何かおかしい」と感じ始めた。

「自分たちの暮らしは苦しいのに、どうして企業だけが儲かっているのか」

「企業なんか成長しなくてもいいから、俺たちの生活レベルを上げてくれよ」

そう思い始めています。

幸せは「勝ちとる」もの

私たちは、積極的にベースアップを勝ちとっていかなければなりません。

この「勝ちとる」というのは、大変重要なキーワードですが、日本人は、これまで自分たちで何かを勝ちとった経験がほとんどありません。

明治維新は革命だったのか、という議論があります。あるいは、戦後、日本人は自らの手で自由を勝ちとったのか、平等を実現したのか。

どれもこれも、日本人は自分たちで勝ちとってはいません。

勝ちとるということに、私たちは、もっと真剣に取り組むべきではないでしょうか。

幸せも、実は、勝ちとるものなのかもしれません。

寒い中を歩いた後に暖かい部屋で飲むココアがおいしくて幸せなのは、寒さに耐えたのが報われたからです。

つまり、苦労の対価として何かを得たときに、私たちは幸せになれる。

ということは、より大きな幸せを得るためには、もっともがく必要があるのではないでしょうか。

何が幸せを遠ざけているのか

幸せとは何かを考えるときに、いい方法があります。

それは、不幸や不安を考えることです。それなら、すぐにでもいっぱい指を折れます。

「老後のお金が不安」

「子どもの将来は大丈夫か」

「もしかしたら戦争に巻き込まれるんじゃないか」

「温暖化によって地球はどうなるの？」

起こったら不幸なこと、不安でしょうがないことを指折り数えながら、それらを止めるために何をすればいいのかを考えてみる。

そして、自らの力で解決できる術《すべ》を見つけ、勝ちとっていく。一人では無理なら、仲間と共に挑む。勝ちとることが幸せにつながります。

ここで質問です。我々は何を勝ちとらなければならないと思いますか。

「中国では、人は集まって『人・金・物・情報』をシェアします。そのうえで、自分たちはどうやって欲しいものを勝ちとっていくか、そのために何をすべきかを一緒に考えます。

一方、日本は、本当の気持ちを外に出さないので、何がやりたいのかもわからない。何を勝ちとるべきかもわからない。そこに不幸の源泉があるような気がします。もっと真剣にどう生きるかを考える必要があると思います」

欲しい「何か」を持たない日本人

日本人は、「金持ちになりたい」と言う割には、金持ちになって何がしたいのかを答えられません。

本来、お金は、何かを手に入れたいから、欲するもののはずなのに。

「お金があると幸せになれる」「志望ランキング一位の会社に就職すれば幸せになれる」と信じている若い人たちが多いのですが、「そんなの、ほんとか?」と私は思います。

私は、学生たちに「どの会社に入りたいかではなく、何になりたいかを考えよう」とよく話します。というのも、何になりたいかが分かっていれば、そこに向かうアプローチの方法はいくらでもあるからです。一本道ではない。たくさんの中から選んでいけばいい。

しかし、多くの若者は、その「何になりたいか」を見つけられずにいます。

若者に限らず、この国の人たちは、欲しい「何か」、目指すべき「何か」がない。だから、とりあえずお金さえあればいいと思ってしまう。

貧しさにあえぎ、食べるものもろくになかった時代なら、「いつかお腹《なか》いっぱい白いご飯を食べたい」と欲して、それがかなえられた時には大きな幸せを感じられました。

とても分かりやすい幸せの形です。

こんなふうに考えてくると、なんとなく充たされない、だから幸せじゃないと思っているのは、自分が本気で手に入れたいものを見つけられていないからかもしれません。

「最近、自分で考えたくないし決めたくもないという人が増えた気がします。何かしらいいものを与えてもらえるのを待っている」

どうすれば幸せが見えてくるのか

これまでの議論で、幸せについて考えるうえで、社会構造の問題点、また個人としての自分たちに足りない何かがおぼろげに見えてきたような気がします。

それを踏まえて、ではどう幸せを獲得すればいいのか、どうすれば幸せが見えてくるのかを考えていきましょう。

「幸せを考えないといけないという罠《わな》にはまっている気がします」

「他の人とは違う自分らしい自分でいられるのが幸せだと思うのですが、その自分らしさが、実はよく分からないんですよね」

「人間関係を作りづらくなっている。昔のように同じテレビドラマの話題で盛り上がるということも少なくなって、共感できるトピックをお互いに見つけられずにいる。そういうことも幸福感を損なっているのではないかと思います」

人間関係を作りづらいことが幸福感を損なうというのは、人間という動物の、単体では生きていけない、群れをなさないと生き延びられないという習性と関係がありそうです。「個」の幸せを探すのが難しいということもあるかもしれません。

情報過多が人を不幸せにしている

もうひとつ、日本人を幸せから遠ざけているのが「情報過多」です。

たとえば、SNS。フェイスブックは、リア充を誇る幸せ自慢の場で、X（旧Twitter）は、自分と違う意見の人を叩く場になっている。

わざわざ知る必要のない情報を見て、妬《ねた》んだり悔しがったり、腹を立てたり誰かを憎んだり、比べなくてもいいことを比べて、そのせいで苦しんでいます。

また、日本人のランキング好きも、時に苦しみの原因になります。

もう何十年も、「学歴社会をやめよう」「人と比べるのはよくない」などと言っているけれど、日本人は順番をつけるのが大好きです。大好きなだけでなく、それを勝ち負けととらえて「負けたくない」と思うせいで、自分には本来必要のない指標に振り回されて、本当に大事なことを見失っている。

「なんとか指数」や「ランキング」なんて、いい加減なものです。お遊びで楽しむ分にはいいのですが、それを絶対的な評価基準にしてしまうと、辛《つら》くなります。

幸せに関しては他人の意見はどうでもいい。

ポテトチップスを食べるのが幸せだという人に、周りは「そんなに食べたらデブになるよ」と言うかもしれないが、本人がそれで幸せなら、余計なお世話です。

人は人、自分は自分という割り切りが、この国ではどうも難しい。同一性が高い、同調圧力が高いせいです。

人は人、自分は自分

理屈ではみんな分かっているはずです。「人は人、自分は自分」だと。

だけど、ＳＮＳで友人が「宝くじに当たった」と喜んでいるのを見つけると、途端に「なんでこいつがこんないい思いをしているんだ！」と腹を立てる。妬む。自分にはまったく関係のない話なのに。

最近、嫉妬のパワーが特に強くなっているように感じます。

自分が「主流」になれていないという焦り、余裕のなさ、生活レベルの低下などがその原因なのでしょうか。

もしそうなら、社会全体をボトムアップしていければ、人の心はもっと豊かになるのでしょうか。

ここで考えておきたいのは、高度経済成長で日本が豊かになったのは、その前がとても貧しかったからです。そして、ベビーブームが起こって人口爆発と呼ばれるほどに一気に人口が増えました。

同世代人口の多い団塊世代の人たちは、きっと死ぬまで幸せでしょう。なぜなら、マーケティングのターゲットが常にそこにあるからです。要求は次々とかなえられていく。

一方、同世代人口が少ない若い世代は、そういう意味では見捨てられています。

けれども、若者たちに「この国に生まれてよかった」と思わせてあげたいと願っている大人たちはたくさんいます。ただ、何をすればよいのかが分からない。

「若いひとは十分に満ち足りているから、これ以上の幸せを求めない」という意見がありました。これ以上を望むのはリスクがあるから、現状で満足しているのじゃないかと。

しかし、動物は、未来に向かって気合を入れて生きていかないと、その種は滅びます。

「挫折なしで、お願いします！」という東大生

定期的に東大生と勉強会を開いています。また、小説のリサーチなどで大学生アルバイトを頼んだりもしているので、現役の大学生と話す機会が多いのですが、あるとき学生からこう質問されました。

「私も真山さんみたいにいろんなことに挑戦をして、勝ち抜いていきたいです。どうしたらいいですか」

嬉しい決意ですよね。応援したい。

「二十代のうちは、いろんなことに挑戦して、たくさん挫折もするだろうけどそれを乗り越えていくといいよ」と励ましたら、彼女はこう返してきました。

「挫折なしで、お願いします！」

半分笑い話ですが、もう半分はとても笑えない。挫折なしを願うなら、挑戦なんてしなくていい。

挫折はかっこいい

若者が挫折を嫌うのは、言葉の響きの問題もあるかもしれません。挫折という言葉を非常にネガティブにとらえている。

私にとっては、挫折はかっこいいものです。子どもの頃に『巨人の星』や『あしたのジョー』を見て育っているので、素直にそう感じてきました。

今の若者たちも、アニメや漫画の中の主人公の挫折は、それを乗り越えていく過程と共にウェルカムなのに、自分の人生になると、その感覚が働かない。想像力がつながっていかない。だから、もっとかっこいい言葉に言い換えるという手は一つあると思います。『タングル』という小説を書いたときに、東大で光量子コンピューター研究をしている東京大学工学部の古澤《ふるさわ》明《あきら》教授に、ずいぶんご協力をいただきました。ノーベル物理学賞に最も近いところにいるすごい研究者ですが、生き方や考え方がユニークで面白い。

彼の研究室では、古澤さんは「監督」、学生は「プレイヤー」です。監督は自分では動かないで、プレイヤーに対して「どんどんホームランを打ちに行け」と言い続ける。大振りして三振しても構わないぞ、と。

こういうことを口先だけで言うリーダーは多いのですが、彼がすごいのはここからです。実験にはもちろん事前に計画があるのですが、時にはそれを超えてトライせざるを得ないことがあります。

そうすると、時々、機械が壊れてしまう。光量子を扱っている最先端の研究室ですから、検査機ひとつが二千万円くらいする高価なものです。学生は青くなって「すみません、検査機が壊れました」と、謝りに来る。

その時、古澤さんは「ナイスチャレンジ！」とだけ言って、翌週には新しい二千万円の検査機を用意する。そして、こう言うんです。

「もう一回、挑戦しろ」

挑戦して失敗するのは当然

どんなことでも、自分でやらないと本物の力になりません。

それなのに、やらせて見守るということができなくなっているのは、なぜでしょうか。

大きな理由として、減点主義がはびこっていることが挙げられます。

企業の場合に、それが顕著です。企業が成熟するにつれて、かつての創業社長にはあった度量の大きさを持つ経営者がいなくなってしまった。今の経営者は、減点主義の中で失敗をしなかった人が多い。だから、部下に対しても同じことを求めます。

そんな中では、「やりたいようにやれ、骨は拾ってやるから」というようなセリフは絶対に出てこない。

失敗は恥ずかしいことで、マイナス評価につながると刷り込まれたら、誰も挑戦なんてしようとは思わなくなるでしょう。

しかし、挑戦のないところには成功も成長もありません。

成功のためには挑戦が必要で、挑戦するから失敗もする。挑戦して失敗するのは当然。上に立つものは、揺るぎなくそう伝え続けるべきです。

それが今できない理由は、日本社会の現状や経済状況にあるのかもしれません。

ですが、社会のせいにしてあきらめるのではなく、現場で「どんどんやれ、失敗してもいい」と若者に挑戦させるのは、課長レベルでも、先輩レベルでもできるはずです。まずはここから始めるという覚悟が求められています。

全員が成功する必要はない

多様性を認めるとか、個性の時代だとか言いながら、多くの人は十把《じっぱ》一絡《ひとから》げに、たとえば「二十三歳はこういうものだ」と決めつけがちです。同じ二十三歳にもいろんなタイプがあって、言われたことだけやる人もいれば、自分から動くのが好きな人もいる。できそうな人にはどんどんやらせればいいのに、なぜか一様に同じことをやらせようとする。そして、一つ失敗すると、全部失敗だと決めつける。

リーダーが考えるべきは、全員を成功させることではありません。

組織としては、成功する人が、一人いればいい。今日はAさんが成功した、次に成功するのはC君かもしれない。その都度成功しそうな人に、その機会を与えればいい。組織の成功というのは、そういうものです。

本来、上に立つ人は目利きでなければなりません。個人の能力を見極めて、適切な課題を与える。自分でやらせる。失敗させる。挑戦して失敗するという面白さや楽しさをわからせる。

成功は、そのくり返しの先にあるものです。

褒めるのが下手になった日本人

最近の日本社会を見ていて、足りていないと感じるのは、人を褒めることです。

褒めるのが下手になりました。褒めるべきタイミングを逃したり、全員を等しく褒めなければいけないというプレッシャーの中で、褒めようのない人を無理やり褒めたりしています。

以前、ディズニーランドを日本に誘致したプロデューサーとお話をしたことがあります。日本の東京ディズニーランド、東京ディズニーシーはサービス面で世界一の評価を受けています。

従業員をキャスト、お客様をゲストと呼んでいることは有名ですね。一歩ディズニーの世界に入ったら、すべてが夢の舞台、ステージ。ゲストを楽しませようというキャストの意識の高さは徹底しています。

キャストたちは、互いに高め合おうという努力もしています。「今月の一番すごい人」を部署ごとに選んで、みんなで褒め合う。この褒め方が、具体的で細やかで、驚くほどに互いを観察していることが分かります。

私も、キャストがレストランの椅子をとても丁寧に拭いているのを見かけたことがあります。こういうのは義務化するとうまくいきません。ゲストに「ありがとう」と喜んでもらいたいから、そして、同僚のキャストに褒めてもらいたいという気持ちがあるから、がんばれるのです。

このような自発的な行動を促す褒め方が一般社会においては下手になったと感じます。

幸せはコミュニティの中で生まれる

東日本大震災のボランティアの方を取材した時に、驚いたことがありました。

ボランティア活動によって、「生まれ変わった」人がたくさんいたのです。目はキラキラ輝き、生き生きしている。何がそんなに楽しいのかと聞くと、「これまで二十数年生きてきて、知らない人から初めて『ありがとう』と言われた」と。それだけで、彼らは幸せになれる。がれきを撤去したり、手のかかる大変な作業をしたりしなきゃいけないのに、毎日が楽しい。

そういう姿に触れて「楽をして幸せになる」ものではない、と改めて気づきました。自分が何かをして、誰かの役に立って、そのことを認めてもらえたときに幸せを感じる。「あなたを見ているよ」という人の存在が感じられる。「ありがとう」と言われ、「あの時はあなたのおかげで助かったよ」と喜ばれる。「ありがとう」と言われて初めて、幸せに気づく。

自分自身では特に幸せだとは思っていないのに、誰かと接したことで幸せを感じることがあります。

おそらく、幸せになるためには、コミュニティ、人との関係が大事なのでしょう。自分がここにいることの意味を他の人に認めてもらえるのが幸せなのかもしれません。翻って考えれば、誰かを幸せにするヒントがここにあります。

その人を認める。良いところを見つけて褒める。それは、どこででも、誰にでもできることです。

尤《もっと》も、表面的なきれいごとでは人の心は動きません。「ちゃんと見ている」と「こんなことまで見ていてくれたのか」の両方がそろっていることが重要です。

それができると、声をかけられた方だけじゃなく、声をかけた方も幸せになれます。

「いらんこと」をやるのが大人の役目

若い人たちに対して、君たちももっと幸せを手に入れようよ、チャレンジすると、すごい達成感を得られるよ、と伝えるためには、大人がまずリスクを取る姿勢を見せるしかないと思います。会社として業務でやるのではなく、現場レベルで私たちにできるアプローチを考えてみましょう。

「若い頃は、仕事が終わってからの飲みながらの勉強会などで、言葉にならないようなノウハウを教えていただいたりして、とてもありがたかった。それが今は、働き方改革などの社内ルールに阻まれてしまうんです」

働き方改革は、本当にひどいルールで、あれは「働かせ方改革」です。

会社側が、自分たちの業務をよりやりやすくしていくことだけを考えている。さらに経費削減をしたいので、超過勤務にうるさい。業務が終わったらさっさと帰れと言わんばかりです。そんなことでは、職場は殺伐としていきます。

私は大阪の出身なので「いらんこと」をするのが文化です。

最近、みんな、「いらんこと」をしなくなりました。

そんなおせっかいをしたら、顰蹙《ひんしゅく》を買うだけらしいのですが、それを恐れずに、もうちょっと「いらんこと」をやるのが、大人の役目ではないでしょうか。

時には「踏み込む」ことも必要

最近、人に質問をしない若者が増えました。事務所に来たアルバイトの学生に作業を頼み、「分からなかったら、いつでも聞いてね」と言っているのに、私には聞かずにスマホをいじっている。「何をしているのか」と聞くと、「使い方が分からないから、トリセツを探している」と言う。

目の前に、聞く相手がいるでしょうと言うと、「お手を煩わせるのが申し訳ない」と返ってくる。

それこそ時間の無駄で、そっちの方がもっと申し訳ないだろうと思うのですが、とにかくなるべく人と関わりたくないという傾向が感じられます。

人に会う、人としゃべるというコミュニケーション全般を極端に避ける人が増えています。これは、若い人だけではありません。

分からないことは全部、グーグルで調べて済ませるなんてことを続けていると、他者との距離はどんどん開いていきます。

そういう人を身近に見つけたら、時には踏み込むことも大切です。迷惑がられることもありますが、それを求めている人もいるはず。

踏み込むのをためらってはなりません。

幸せの定義はいらない

さて、そろそろ結論です。と言っても、幸せについてのわかりやすい結論はありません。だから、国や企業が幸せや「Well-being」を定義して、こういうふうに生きましょうなどと提言するのは〝ナンセンス〟です。

「幸せとは何か」に対する明確な答えはないし、定義づけるものでもない。ましてや、政治が押し付けるものではありません。

では、どうすれば私たちは幸せに近づけるのか。それは、「自分で生きる」という覚悟に尽きるのだと思います。なんだか小説的ですが。

「自分で生きる」というのは、「今、自分は、自分で考えて行動している」という状態です。

誰かから言われてやっているのではなく、相談はしたかもしれないけれど、最後は自分で決めて行動している。

それに対していくばくかの結果が出せたら、それが幸せ。失敗したとしても、案外、それはそれで幸せなんです。

これは、「自分らしさ」ともつながります。「らしさ」は、自分で決めたことをやり続けないと、生まれてきません。

幸せというのは、自分らしく生きることなのですから。

第二章　分断された民主主義

CHURCHILL

「それは、民主的じゃないなあ、独裁だ」

パイプをくわえ、ツイードのスリーピースをお召しになった紳士が、顔をしかめた。

「でも、代表は互選で選んだし、参加者の意見にもしっかりと耳を傾けています」

同席の女性は、お堅い業界の優秀なキャリアウーマンで、相手は恩師のようだ。

「選ばれるまで猫を被《かぶ》っていて、権力を掌握したら暴君になる奴って、よくいるだろう」

確かに、そういう人は多いが、権力が人を勘違いさせる気もするが。

「先生、私が気にしているのは、代表の暴君ぶりではなく、文句と批判ばかり言って、自分では何一つ動かない若手の方です」

「彼の意見は的を射てるじゃないか。衆議を尽くした上で、最終判断は代表に委ねられたと言っても、そこで、少数意見を採用するってのは、やっぱり民主的じゃないよ」

「先生、民主的って何ですか」

「それは難しい質問だけど、僕に言わせると、多くの人が意見交換して、最後は多数決で決める。そして、少数意見にも配慮して、調整する。これをやれるのが、民主主義的リーダーの理想だよ」

　世の中、そんな風にうまくいくものなのだろうか。

「で、結局、当たり障りのない骨抜きのルールができて、ますます混乱する。まるで今の日本みたいですよ。ねえ、ジョージ、そう思わない？」

　私は、ある名宰相が愛したというジョニーウォーカー・ブラックラベルをベースにカクテルを作って、彼女の前に置いた。

「おっ、粋《いき》だねえ。これが君の答えか」

　先生がカクテルの名を尋ねた。

「『チャーチル』と申します」

【課題】異次元の少子化対策、構造的賃上げ政策など、国民目線を意識した政策が打ち出されるものの、国民の政治への不満、無関心が収まらない。なぜ、日本の民主主義が分断されているのか。どうすれば本来あるべき姿に戻れるのだろうか。

（太字は受講生たちの事前レポートより一部抜粋）

「国民の民意が分断されており、政治がうまく、吸収・反映できていないのが現状。国民の意志・行動も足りないし、政治家の質と覚悟も足りない。選ぶ方選ばれる方双方の政治的成長が必要」

「『民主主義』が参加と自由を大前提に置くならば、他人任せのフリーライドであり『空気』に支配される日本には、民主主義は存在し得ないのではないか。感性を豊かにし、共同体の価値を高めて集合知を獲得することが豊かな社会の実現につながる」

「もはや『民主主義』も一つの価値観に収めることが困難。日本では政治的、思想的分断が起きているのではなく、個々のとらえ方の多様化によって、断片的な反射となり捉えどころがなくなっているのではないか。これからの時代に人々を結び付けるキーワードは『赦《ゆる》し』と『相互ケア』だと思う」

「少子高齢化の進展で、世代ごとの一票に格差が生じている。十代・二十代の有権者数合計は六十代のみの有権者数と同数。これだけの格差の中ではフェアな民主主義は成り立たないし、将来のビジョンも見えない」

「高校生世代への主権者教育で政治参加の大切さが伝えられているので、この蓄積が一定程度を超えれば政治への無関心という問題解消の道筋になると期待している」

日本は分断されているのか

毎回、議論のテーマは変わりますが、軸となるメインテーマは「正しいを疑う」です。事前課題に対して、皆さんはレポートを提出してくださっていますが、この課題に含まれた「前提」をまずは疑ってほしい。今回もそこから始めましょう。

「日本は分断されているのか」――。

今ではこんなに人口に膾炙《かいしゃ》するようになった「分断」という言葉ですが、最初に言い出したのはおそらくメディアと政治家です。影響力のある誰かが言い出して広まっていきました。

分断という言葉の意味は、「断ち切って分かれ分かれにすること」です。くっついて仲良くしているものを「割った」というイメージがあるので、「そんなことをしたのは誰だ」と、犯人捜しをする際の問題提起として使いやすいのでしょうが、根拠もないのに軽はずみに使ってはいけない言葉だと思います。

分断されているとしたら、どう分断されているのか。

何をもって分断だと言っているのか。

そう考え始めると、今度は「格差」という言葉が顔を出します。男女格差、収入格差、学歴格差、さらに、もっとも取りざたされているものとして世代格差があります。

「分断」は前提

「最近の若いやつらの考えていることはまったく理解できない」

このセリフは、私自身も若い時にさんざん言われましたし、いつの時代も変わらない年長世代から若者世代への率直な思いのようです。古代エジプトのピラミッドから出てきた記録に「最近の若い者はなっていない」と書かれていたという話もあります。真偽のほどはわかりませんが、とにかくそういうエピソードが長年にわたってまことしやかにささやかれてきました。

つまり、分断は今始まったことではない。分断は、あって当然のもの。だからこそ、それを埋めるためにコミュニケーションが必要になるわけです。

収入格差についても、資本主義社会においては収入差があるのは当たり前の現象です。国家として、また産業として成長を望むのであれば、働く人の能力や実績に応じて収入に差をつけるのは、当然です。収入格差も、やはり前提。

そのうえで、その格差をどう埋めるのかを考えるのが政治の仕事です。

分断をつなぐために民主主義がある

現代社会に分断があるというのは、その通りなのでしょう。

だからこそ、そのために民主主義があると考えるべきです。

民主主義が分断されているのではなく、分断をつなぐために民主主義がある。そのことを理解しないで、あるいは無視して、メディアや政治家が「分断」をしきりに口にするのは、無責任です。

では「民主主義」とは何でしょうか。

事前課題レポートを読んでいても、幅広く揺れています。

定義が明確ではないままに、「民主主義を守れ」という言葉だけが一人歩きし、声高に叫ばれている。それでは何の解決にも至りません。
まずは、一人ひとりが自分自身の言葉で「民主主義とは何か」を自ら納得し、それを人に伝えることができるようになる必要があります。

それぞれの民主主義

みなさんの「民主主義」論を、聞いてみましょう。

「チャーチルのカクテルを飲みながら考えました（笑）。
自分の決断や考えとは別のところで全体の方向付けがされた場合に、そのプロセスにおいて民主主義的な手法が取られているのであれば納得できる。そのために人類が到達した知恵だととらえています」

なるほど、納得するためのプロセスとして大事だということですね。

「大勢の人が共に暮らしていくためには、独裁あるいは民主主義のどちらかしかないというのが前提としてあると思います。民主主義は多数決で決めていくわけですが、日本的な発想でうまく全体を見ながら調和を図っていると感じます」

「民主主義は、個人の独裁を防ぐための仕組みではないでしょうか。目標としては多くの意見を吸い上げることですが、全員が同じ意見になることはない。原則としては『最大多数の最大幸福』みたいなことを目指している」

「最大多数の最大幸福」は、イギリスの哲学者・法学者であるジェレミー・ベンサムの言葉として、学生時代に習った方も多いでしょう。功利主義の原則として論じたもので、社会に生きる最大多数の人が最大限の幸福を得られることを目指す価値観です。

多数派がバカばかりだったらどうする？

「私が怖いなと思うのは、最後は多数決になって多数派の意見が通るということは、多数派がおバカさんだったら、おバカな結論が出るのではないかということです」

今のお話は、つまりは民度の問題ということになります。民度というのは、国民の生活や文明の進歩の程度というような意味ですが、大変デリケートな語彙《ごい》なので政治家が民度を取りざたするのはＮＧです。

ただ、民主主義において、民度の問題がいちばん大きいのは事実です。

自分たちが自分たちの力でよりよく生きていくために何をしなければいけないのかを考えるときに、権利以上に責任を感じているかどうか。これは、民度によって大きく変わります。

ものすごく単純化すれば、民度が上がれば政治への関心も高くなり、民主主義も、より機能する。しかし、今それを言っても何も始まらない。というのも、民度を上げるには何十年もかかるからです。民度というのは「それを誰が決めたんですか？」というようなところから自分たちで考えさせる訓練をしない限り、そう簡単には上がりません。

「あなたたちの好きなことを自分で考えてやってみなさい」「勉強も、自分たちで考えてやりなさい」という指導を小学校から始めるほどの教育の大変革が必要です。

実際には不可能でしょう。激怒する親、困惑する先生がたくさん出てしまいます。

ここでは、民度の重要性だけを共通認識とするにとどめて、先に進みましょう。

バカばっかりだからバカな国になるんだと言うのは簡単ですが、それは結局、そう言っている人自身もバカだと認めていることになります。安易な結論に逃げ込むのは、やめましょう。

日本人は、民主主義がよく分かっていない

さて、みなさんは、民主主義を考えるときに一番大事なことは何だと思いますか。

「教養やリテラシーが必要だと思います。目的のために、みんなでどれだけ知恵を出せるか？　そのための手段として民主主義があるのかな、と思う」

民主主義は、手段である。これは大変重要な気付きです。

となると、目的を達成するための手段である民主主義を守るというのは、変な話です。

おそらく、多くの人が「民主主義はいいことだ」という幻想を信じ、やみくもに守ろうとしています。それに対して、これは手段だと見極めた上で、何のためにこの手段を選んでいるのかを考える視点を持ちましょう。

「いつも多数決で決まるのだとしたら、多数の側の人は満足できるけど、逆側の人は不満を抱える。少数意見側になってしまう人たちは、いつもつまらない、いつも不満。それをどうにか救うことはできないものでしょうか」

多数決に至る前に、「衆議を尽くす」のが、民主主義の前提です。みんなが意見を出し尽くしたうえで落としどころを探すというプロセスが重要で、様々な意見が出揃う前に、「多数決で決めましょう、ハイ、手を挙げてください」で決めるのは、民主主義の間違った運用です。

「民主主義は最悪の政治形態である」

今回のショートショートに出てくるカクテルの名前は「チャーチル」、第二次世界大戦中にその名を馳せたイギリスの首相ウィンストン・チャーチルにちなんだカクテルです。彼は、一九四七年十一月の演説の中でこう言っています。

'Many forms of Government have been tried, and will be tried in this world of sin and woe. No one pretends that democracy is perfect or all-wise. Indeed it has been said that democracy is the worst form of Government except for all those other forms that have been tried from time to time....'

最後の一節に、

「民主主義は最悪の政治形態だということができる」とあり、そして、こう続きます。

「これまでに試みられてきた民主主義以外のあらゆる政治形態を除けば」と。つまり、残念だけどこれよりましなものは見つけられないので、仕方なく民主主義を選択しているのだというのがチャーチルの考えです。

一つ聞いてほしかったら、一つ我慢する

「最大多数の最大幸福」という言葉は一見きれいごとのように聞こえますが、かみ砕いて考えると「自分の要望を一つ聞いてもらいたかったら、一つ我慢しましょう」という意味なのだと私は考えています。

分断された社会、あるいはポジティブにとらえれば「多様化」している社会においては、人それぞれの価値観があり、それらは相容《あいい》れないものです。常に自分の我のすべてを通すことはできません。

これだけはどうしても譲れないという我を通すためには、「その代わりに、ここは我慢します」と言えるような議論や交渉が必要です。そして、最終的には「我慢する部分」と「認めてもらう部分」を多数決で決める。決めないと、前に進めません。

互いに別々の価値観がある中で結論をつけないといけないことが、毎日起こります。たとえば、今夜の献立一つ決めるのにも、それぞれの意見があるわけです。お鍋にするか、すき焼きにするか、ステーキにするかの結論を夕方までに出さないといけない。

民主主義の目的は、集団に最低限なんらかの結論を出させることです。

間接民主主義がうまく機能していない

民主主義は、国民が主権者、この国の主人公であるのが大前提です。

つまり、国民自身が日本の国の未来を考え、社会をよくするために自ら判断し決断していくのが民主主義です。

とはいえ、国民には守るべき自分の生活がある。生きていくため、食べていくためにやらなければならないことがあり、全員が国の舵取《かじと》りを直接やるわけにはいきません。そこで、私たちは直接民主主義ではなく間接民主主義を選びました。

自分たちの代弁者を投票で選び、議会に送り出す。彼らが代弁者として意見を言い、国や都道府県、市町村の方向性を決めるというやり方です。しかし、日本ではそれがうまく機能していないと感じる人が多いようです。

尤も、日本で行われている選挙の仕組みに「不正」はありません。それさえも信用できない国もあります。

たとえば、ミャンマーではご存じのように、せっかく民主化に成功したのに、その後、軍によるクーデターが起こりました。このとき、軍は、投票箱を盗むなどの選挙妨害を行ったようです。

ある国では有権者の数の三倍の票が入っていたという例もあります。それに比べると、日本では、大変フェアに選挙が行われています。にもかかわらず、納得のいく選挙になっていないと考える人が多いのが気になります。

憲法違反になりそうな法案の是非を問うために「国民投票をやれ」という声が上がるこ

とがあります。

国民投票で決定を下すのは、まさに直接民主主義です。

今の政治家が信用できないから国民投票をやるんだという理屈のようですが、それは、現状の間接民主主義の否定を意味します。

有権者の選択を否定するという矛盾は、大きな政治的混乱を招きかねない。

そんな覚悟があるのか。はなはだ疑問です。

不勉強ゆえの無責任さ

事前レポートの中に「私たちは、政治についてもっと勉強すべきだ」という意見がありました。

大変重要な指摘ですが、今のような複雑な社会状況や政治の在り様を理解しようとすると、相当な勉強が必要です。そんな時間が果たして確保できるのでしょうか。

一国民として政治に参加しても、基本的には報酬は支払われません。それでも汗を流せる人はどのくらいいるでしょうか。

たとえば、日本の総理大臣を直接投票で決めようという話になったとします。

おそらく、声の大きい人、テレビなどメディアでの露出が多く人気のある人が選ばれる確率が高い気がします。

そういう人たちが絶対にダメだとは言いませんが、好感度が高いというだけの理由で政策には素人のような総理大臣が選ばれるのは、非常に危険です。

となると、やはり政治はプロに任せたほうがいいんじゃないか。自分たちの代理である政治家に対して税金から報酬を支払うというのは、ある程度納得のゆく仕組みです。ただし、議員を選ぶ選挙には真剣に臨まなければならない。現状、それができていません。

日本における選挙は、今や「ショー」の様相です。選挙運動はうるさいからやめてほしいと平気で言うくせに、投票後の開票速報はお祭り騒ぎでテレビの特番を見つめる。

そして選ばれた顔ぶれを見て「ほらな、またダメなやつばっかりだ」などと文句をつぶやく。

往々にして、そういう人は、投票をしていないケースも多く、この無意識の無責任さが日本の民主主義の非常に顕著な欠点です。

投票は、〝託す〟人を選ぶ行為だ

投票は、自分の要望を〝託したい〟人を選ぶためにあります。

それなのに、ほとんどの有権者は自分の望みをちゃんと立候補者に伝えていない。

それには、立候補している側の問題もあります。特に若者たちにとっては、自分の世代の代表にしたいと思える候補者がいない。若い人たちが投票に行かない理由の一つは、自分たちの思いを託せる人がいないからです。

二〇一六年から選挙権年齢は、十八歳以上に引き下げられました。

『当確師』という選挙プロデューサーが主役の小説を書いている時期だったこともあり、私のところにもその件について複数の取材が来ました。その時、私はこう言い続けました。

「被選挙権も十八歳以上にするべきだ」

なぜなら、代弁者を選べない選挙なんてあり得ないと思うからです。

半ば小説家的な発想だと笑われそうですが、十二歳から国会議員を出した方がいいんじゃないかとさえ思っています。

彼らはきっと、大人の度肝を抜くような意見を言う。それに対して大人たちが「世間のことも分からずに無責任なことを言うな」と返したときに、「そんなことを言うなら、大人たちはもっと責任ある発言をしてください」と、子どもたちに言わせたい。

現在、日本の被選挙権を有するのは衆議院議員で満二十五歳以上、参議院議員で満三十歳以上です。現状の制度が未来を背負う世代の政治参加を阻むのであれば、大人たちは、もっと責任を感じなければならないと思います。

思いを託した人を当選させる責任がある

今年（二〇二三年）の四月に、兵庫県芦屋市で二十六歳の若者が市長になりました。話題性もあって様々なメディアが注目したせいか、大騒ぎで喜ぶ応援団がいる一方でアンチも現れて、足元を叩くような記事も出てきています。若造が市長になることが許せない人たちもいるのでしょう。彼が市長になって、芦屋市がこれからどう変わっていくのかはわかりませんが、有権者の思いを託すことができたというのは一つの希望だと思います。

投票に行かない理由として「自分がいいと思っている人が、これまで当選したためしがない」と不満を挙げる人がいます。どうせ自分一人が投票しても無駄だから、とあきらめている。

けれども、あきらめて文句をつぶやいているだけでは何も動かない。有権者には、自分の思いを託したい人を当選させる責任があります。
当選できないのは、当選させるだけのパワーが足りないからです。たとえば友人や仲間に対して「私はあの人がいいと思う」「じっくり話を聞いてみてほしい」と強く推すような活動を、ほとんどの人がやらない。

これは、民度の高い国では当然のようになされていることです。ここに、大きな差があります。

「私は毎回必ず投票している。だから、意識は高い方です」と言う人は多いが、一歩進んで、応援している人が勝つために何か行動していますかと聞くと、「それは私の役割じゃない」と線引きをしている。

選挙に「勝つ」方法とは

実は、選挙には勝つ方法があります。負ける人は、負けるべくして負けている。これは、小説『当確師』のための取材を通じて知ったことです。その仕組みを少しお話しします。

有権者が十万人の選挙区があったとします。衆議院選挙は、投票率は毎回およそ五〇%。この時点で、五万人が投票する権利を捨てている。

ここに、立候補者が二人出るとします。そうすると、二万五千票を取れば勝てます。どの選挙でも票の一部は名前を間違えているなどの理由で無効になるので、半分を取れれば大丈夫。つまり、有権者全体の十万票のうち、四分の一を取れれば勝てるのです。票の七割は、投票の前にすでに投票先が固まっていると言われています。いわゆる組織票です。

中でも政党の支援は重要です。政党には、それぞれの選挙区で常に獲得できている有権者票があり、与党なら十万のうちの一万程度、対する野党は七千〜八千あればいい方で、ここでまずハンディがあります。一万票が確実に見込めるのなら、あと一万五千あれば勝てる。

次に重要なのは、立候補者個人が持つ支援者名簿です。卒業大学のＯＢリストや勤務先の従業員名簿、ＰＴＡ会長や自治会長などの役職から得られる名簿など、合わせて五千人分くらいを持っていないと、そもそも政党が立候補させてくれません。

先ほど触れた芦屋市長は兵庫県にある名門私立の灘中・灘高ＯＢです。相当な組織票が動いたことでしょう。

このように見込票を積みあげていって、最後に支援政党もなく、立候補者と無縁の無党派層の投票で足りない分を取る。その程度なら、選挙運動によって獲得することが望めます。

投票したい人を立候補させる

「投票率をもっと上げよう」「選挙に行きましょう」という声が劣勢陣営からしきりに上がるのには理由があります。

投票率が上がれば上がるほど、前述したような組織票が埋もれて、新規参入者にチャンスが生まれるからです。

よく言われることですが、投票日に雨が降ると、自民党・公明党・共産党は喜びます。これらの党は組織票が圧倒的に強いからです。東京都では雨が降ると現職しか勝たないとまで言われています。

こういうからくりを知ると、民主主義がとてもつまらないことのように思えてきます。だから日本はダメなんだ……と落ち込んでしまいそうになる。ですが、だからこそ、私たちが風穴を開けたい。そのために、今日の議論があります。

もっとも重要なのは、政党に支持される人の質を上げることです。

自分たちが選びたい人がいないなら、「こういう人を立候補者として選んでほしい」と盛り上げるところから始める必要があります。待っているだけでは、理想的な立候補者は現れません。

組織票に支えられている人には、いい加減な人も多い。「なんでもやります」「この組織のために力を尽くします」と、複数の組合や組織に対して約束していたりします。そうしないと票が集められないからです。

そういう風潮の中で、「票が欲しくてやっているわけじゃない」と、堂々とまっとうなことを主張する人が現れたときに、「この人のまっとうな政策論を聞かないで、私たちは（この町は）恥ずかしくないのか」という応援ができるのがリテラシーであり、民度の高さです。

イギリスのしたたかな民主主義

イギリスでは、ユニークな方法で民主主義を進めています。イギリスの二大政党は労働党と保守党ですが、両方とも若い有望者に対して政治エリートになるべく教育を施しています。

ケンブリッジ大学やオクスフォード大学の学生で、大学時代から弁論部で活躍しているような、とんでもなく頭のいい、かつスピーチ力もあって行動力も備えている人間をスカウトして、まずは確実に党の力で当選できるような選挙区で立候補させます。「君に期待しているから、我々が当選させてあげる」というわけです。そして、そこで何らかの成果を出せれば、今度は選挙区がサポートしてくれるので、二期目も当選できます。

そして、三期目はちょっと難しい選挙区に〝移籍〟するように要請される。ここまでに十分な経験と実績があれば、これにも勝つことができます。そうやって、どんどん大物政治家へと「成長」させていきます。

これは、日本でもぜひ真似したいものです。

与党も野党も、「このエリアなら絶対に勝てる」という地区を持っています。そこに、二十年計画や三十年計画で、未来を託す人を送り込む。そのような長期戦略が、現在の政党に果たして実行できるのかというのは日本の民主主義の今後を左右する重要なポイントの一つです。

マイノリティを無視する社会はアウト

　ここで、少数意見がなぜ大事にされないのか、既存の価値観を押し付ける社会がなぜ肯定されていくのかという違和感についても考えてみましょう。

　たとえば、夫婦別姓にしても同性婚にしても、現時点では賛成派はマイノリティですが、当事者の話に耳を傾けて腑《ふ》に落ちれば、反対意見だった人も賛成に変わる可能性があります。「今のままではおかしい、変えていきましょう」という声を上げる人は、今後増えていくでしょう。

　ところが、一方で「そんなことは別にどうでもいい」という人たちがいます。「自分はどっちでもいいんだけど、うちの田舎ではそんなことに賛成したら村八分になる」というケースもある。そもそも、そんなことを考えたくもないと議論を避ける人もいます。

　このような態度は、本来あってはいけない。マイノリティを無視する社会は不健全です。民主主義の話ではなく、人間の倫理的な話として許されることではありません。

　マイノリティを包摂する社会の豊かさの実現に向かってみんなで努力する必要があります。

　ただ、昨今見られるのは、マイノリティを守るために、民主主義を訴えるんだという主張です。

これは、論理が破綻している。

マイノリティを守りながら民主主義を訴えるのは無理です。

なぜなら、マイノリティはあくまでも少数派で、民主主義の決定システムである多数決の重視と矛盾するからです。

戦い方を変える必要がある

政党や立候補者がマイノリティを大事にする発言をすると、ＳＮＳではとても盛り上がります。

「マイノリティへの理解、大事だよね」という人たちが一斉に賛意を示しエールを送ります。

一気にフォロワー数が増えて、十万人、百万人規模になったりすることもある。

ですが、それでも総人口から見れば、まだまだマイノリティであることに変わりはありません。

マイノリティの尊重と優先は、まったく異なる概念だという理解が重要です。

政治哲学を専門とする米コロンビア大学歴史学部教授のマーク・リラが書いた『リベラル再生宣言』という本があります。

二〇一六年に行われた米大統領選でヒラリー・クリントンがドナルド・トランプに負けたとき、民主党は驚愕しました。

理由の一つには、ロシアによるサイバー攻撃もあったようですが、それにしても負けるわけがない戦いだったはずなのに、負けてしまった。

その敗因について、マーク・リラはこう分析しています。

一九九〇年代から民主党はマイノリティを大事にし始め、「我々はアフリカ系アメリカ人を大事にします」「ネイティブアメリカンを尊重します」「LGBTQを大事にします」という主張を政党のHPで訴え続けました。

もちろん、マイノリティの尊重はとても大切なことなのですが、それしか言わなくなった民主党に対して、サイレント・マジョリティは徐々に反感を募らせていったのです。

「俺たちのことはどうでもいいのか」という怒りです。

声高に主張しない大多数のサイレント・マジョリティこそが、〝民意〟であるのを忘れていたのです。

それに気づいた民主党は、「国と共に、みなさん一緒に豊かになりましょう」という方向に切り替え、二〇二〇年の大統領選挙では、バイデンを勝利に導きました。

どうすれば多数を巻き込めるか

政治は、民意を味方にしなければ、前に進めません。実現したい大切な思いは、その素晴らしさを多くの人に伝えて、民意に育てなければならない。

とても気の長い話であり、地道な活動ですが、決して不可能ではありません。突破口は、身近な人たちへの働きかけです。友達や家族、あるいは会社の同僚や後輩に「今のままの状況を放っておくのは無責任だと思わないか」と問題意識を伝え、解決するために行動し、多くの賛同を得るには、私たちに何ができるか考えてみましょう。

「親しい友達が選挙なんて興味ないと言ったときに、どう説得しようかと考えてみましたが、正直、説得材料がありません。行った方が得するとはとても言えない。野党が弱すぎて、投票しても結局勝てないということが最大の理由です」

「投票に行かないのはカッコ悪い、というムーブメントをメディアの力を借りて起こせる

といいですよね」

野党は一つになるべきだ

選挙に関して、もう一つ、大きな課題があります。

与党と野党の総得票数を比べると、野党の方が常に多いのはご存知でしょうか。それなのに、議席の過半数どころか絶対多数を与党が占めている。これでは、政治に民意が反映されていないと多くの人が思うのも仕方ありません。この状況は変えていく必要があります。

小選挙区である以上、野党は一つにならなくてはダメです。これは、絶対条件です。なぜなら、選挙区の勝者は一人だからです。与党の議員を倒すには、票が分散しないように野党の候補者は一人に絞り込まなければなりません。

「野党を一つにする」ことができないままでは、与党を喜ばせるばかりです。彼らは「また野党が分裂した、ありがとう」と思っているでしょう。

大学生と話していて驚いたことがあります。彼らは、絶対当選確実な人に投票すると言うのです。なぜなら、自分の票を死に票にしたくないからです。そう考える人は、若者に限らず多いのかもしれません。であれば、勝てる期待を持てる野党の存在がますます必要です。

選挙には争点が必要

選挙では、それぞれの立候補者が自分の主張をします。安全保障や外交方針、消費税など、大きな問題については党が方向性を決めますが、個人の自由に任されているテーマもあります。

農業に補助金をもっと入れる。子どもの教育資金の問題を解決したい。有権者はそれを投票する際の目安にします。

ところが、自民党は〝賢く〟て、他の政党の候補者が有権者の心をとらえるような提言をしたと聞くと、すぐに同じ内容を公約に取り入れます。

そうすることで争点を無くし、選挙への興味や期待をつぶします。

選挙には争点が必要です。野党は自民党がまねできないような、絶対にやりたがらないような争点をつくらなければなりません。

「消費税を無くす」は争点になりそうに思えますが、消費税が社会保障関係費のための財源と知っているサイレント・マジョリティを動かすことは難しい。

争点になり得るのは、金持ちから税金をもっと多くとる「富豪税」のようなものです。ここには自民党は絶対に手を出しません。

一方で、野党を応援している人たちの中にも金持ちはたくさんいるので、野党も怖くて手が出せずにいます。

しかし、いわゆる大富豪は、人口の一%程度です。野党は「一般人の味方」であると宣言した上で、「富豪税」制度を訴えるぐらいの覚悟があってもよいのではないでしょうか。アメリカのように、多数の民族が衝突する社会では、宗教も価値観も違うので、いくらでも争点がつくれます。

議員は自分の主張を持ち、それをしっかり発信することが求められます。

しかし、同一性が高い日本では、全体の中に溶け込んで「右へ倣《なら》え！」に従える人が議員になりやすい。これまでは、ずっとそうでした。それを、今後は変えていく必要があります。

そのためには、個人の努力だけに頼るのではなく、「みんなで変えていこう」という呼びかけが重要です。

十八歳になって選挙権を得た高校三年生千人くらいが集まって、地元の議員に「こういう提案を実現してもらえるなら、私たちはあなたを応援します」と持ち掛けてみるというのはどうでしょう。絶対に乗ってくると思います。

約束してもらえる党を見つけたら、それをメディアで発表し、その後の動静をしっかり監視する。

もしも嘘をつかれていたことが分かったら、次は絶対に選ばない――。

そういう構図をみんなでつくらないと、いつまでも事態は変わりません。

なぜ友人と政治の話ができないのか

最も喫緊の課題である「政治への無関心」についても考えてみましょう。

どうすればより多くの人たちに政治に関心を持ってもらえるのか。無関心にならないためにはどうすればいいのか。みなさんのご意見を聞きたい。


「ここまで私が発言できずにいたのは、結局そこに着地してしまったからです。政治にも投票にも関心のない人たちに対してどうアプローチすれば行動を変えられるのだろうと考

えてみましたが、『別に興味ない』と言われたら、そこで終わっちゃうなあと」

「友達とご飯を食べているときに政治の話をすると、たぶんドン引きされます」

面倒なやつだと思われて、次からは誘ってもらえなくなるかもしれない……などと気になって、結局話題に出せない。政治への無関心は、見えない壁として立ちはだかっています。

三人集まれば「政治」が必要

では、政治に関心を持たざるをえない状況をつくっては、どうでしょう。

「今日はどこに行く？」と聞くと、「どこでもいいよ」と返ってくる。「じゃあ、○○に行こう」と言うと、今度は「それって強制？」などと文句を言う。

日本人には、この〝間《あいだ》〟がない気がします。

実は、政治というのは、この〝間〟で必要になるものです。

自分はどうしたいのか、そのためにはどうしたらいいのかを考えることが政治の本質です。

一般の人たちは、政治を、どうしても「上」に見てしまいがちです。自分とは関係のない高いところで行われていると思ってしまう。

けれども、政治というのは、意見が違う人たちがいるときに、調整するためのシステムです。たとえば、三人で今日何を食べるかを決めようとして、それぞれの希望が違うときにどう交渉して調整するかというのも政治です。

「焼肉がいい」という意見に対して、「昨日もすき焼きでお肉だったでしょ」という指摘に一同が「確かに」と賛同する。二人目が「じゃあ、イタリアンがいいな」という。

それに対して「いつものイタリアン、今日は定休日だよ」と声が上がり、今日はあきらめるかとなる。結果として、三人目の希望が通る。これが、まさに政治です。

小学校の学級会の話し合いにも「政治」が必要

誰もが、自分の思い描く通りの社会になってくれればいいと思っています。あくせく働かなくてもお金に困らない。毎日好きなように暮らして、好きなものを思う存分食べられる。そうだったらいいなあと思うわけですが、そんなことは不可能だと分かってもいる。

「じゃあどれを優先して、どれを我慢しますか」「欲しいものを手に入れる代わりに何をあきらめますか」という交渉・調整を行い、ギブアンドテイクを選択していく中で、あまりに意見がバラバラで収拾がつかなくなると、もっと幅広く意見を聞いてみる必要が生じます。

政治というのは、あなた自身が望む生き方や生活、求めている未来像に近づくために、他者と話し合い合意できる点を見つけていく仕組みです。普段の生活でも、みんな多かれ少なかれやっていることです。

なのに、なぜ、政治は難しいものだから自分たちとは関係ないと思い込んでいる人が多いのか。

それは、政治家たちにとってその方が、都合がいいからです。「政治は難しい」と思ってもらえれば、自分たちが特別な存在になれるからです。

だけど、それはまやかしです。

小学校の学級会で「最近、こういうことが起こっているが、やめてほしい」と訴えるときに、どういうふうに話をすればみんなが受け入れてくれるかを考えることと政治は同じレベルの話です。

そう考えると、政治への無関心を打開し、関心を喚起するためのアイデアがもっと出てくるのではないでしょうか。

ミサイルが落ちる前に考えたい

「黒船が来るとか、ミサイルが飛んでくるレベルの『放っておいたら死ぬかもしれない』局面にならない限り、日本人は変わらないいんじゃないかと思います……」

確かに日本の現状はその通りです。しかし、それで納得したりあきらめたりしたくはない。

ミサイルについては、これまでも何度も北朝鮮から飛んできているのに、誰も本気で心配していない。北朝鮮の技術レベルをバカにして「どうせ日本の国土には落ちないだろう」と思っているからです。

しかし、間違って落ちる可能性はあります。

おそらく、ミサイルが日本のどこかに実際に落ちたら、いきなり大騒ぎになって、防衛費増額の件も「国土を守れるなら今の十倍でもいい」となるでしょう。

そんなに短絡的でいいのか。国民の大多数が政治に関心を持たないこの国の行く末が、非常に不安です。

「個人が責任を持たない。責任はお上にある。アンケートの答えも『どちらとも言えない』が一番多い。それが、日本人」

よく言えば「水に流す」文化、ある種の知恵でもあります。

カレル・ヴァン・ウォルフレンという、日本人について研究をしているオランダ人ジャーナリストの『日本／権力構造の謎』という本があります。その中に、日本人は「仕方がない」という言葉を持ち、責任をたらいまわしにして、誰がやったのかを知らない間に忘れさせるすごい文化を持つと書かれています。

一方で、切腹の文化もあります。個人に詰め腹は切らせるが、会社は責任を取らない。関係者のクビをはねて、追い出しましたから、同じ会社名ですが、生まれ変わりましたということを平気でやります。

政治とは、筋を通すためにある

「政治判断」という言葉があります。賛否が割れて結論の出ない問題や、あるいは法令に規定のない問題について断を下すときなどに使われます。

会社でも政治判断は行われます。不祥事が起こった際に、「今回は、社長に飛んで（辞めて）もらいましょう」「いや、会長だけでいいでしょう」あるいは「トカゲのしっぽを切るだけで済ませましょう」などをその時々の状況で判断する。

そこには守るべき最低限のルールも信念もありません。良くも悪くも、これが日本の文化です。だから日本人は〝本物の〟政治に関心が持てないのかもしれません。

鎖国している時代なら、それでよかったのでしょう。でも、現実はそうじゃない。外国が、日本式の政治判断を許してはくれません。

繰り返しになりますが、政治とは、何か欲しいものがあるときに、別の一つを我慢するから欲しいものをくださいと交渉する力です。これを身につけておかないと、外国から「0か100か」の選択を迫られたときの対応ができません。

政治は、自分の〝身を切る〟人が勝つ

政治は勝つ人が決まっています。まず自分の〝身を切る〟ことができる人です。自分がここまで譲歩するから、あなたも何かしてほしいという攻め方が、勝つための王道です。みんなが大変だから、最初に私が犠牲になりますと言えるかどうかが重要です。

ただ、賢い人たちは、そう言いながらも、実際は犠牲にならないように企みます。

これが、政治で成功する方法で、生きるために必要な知識として親が教えなければならない時代になりつつあると私は感じています。

政治への関心を持つことは、「覚悟」のシミュレーションをするということでもあります。何を選び、何を譲歩し、何を取るのかを決める。この訓練は、小学校でもできます。もちろん家庭でもできる。

しかし、相変わらず「みんなはどうするの」「学校はどう言っているの」と空気を読もうとする。このままでは、日本には本物の政治は根付きません。

波風を立てれば、政治への関心が動く

日本人が政治に関心がないのは、特に不満がないからでしょう。

渇望感も危機感もない。

こういう話題になると、「だから日本も徴兵制を敷くべきだ」と言い出す人がいます。兵役を経験させれば、政治への関心が高まるだろう、と。

ですが、これは最悪の手段です。

徴兵までして防衛する必要は、少なくとも今の日本にはない。

韓国の徴兵制が引き合いに出されたりしますが、事情がまったく違います。韓国は休戦しているだけで今も戦争状態が続いています。

私の提案は、高校卒業後に、二年間の青年海外協力隊活動を義務付けたらどうかというものです。

以前、アフリカの最貧国ニジェールで、協力隊員の人たちを大勢取材しました。

担当地域によっては、トイレは自分で穴を掘り、用を足している。食事は現地の人と同じものを手で食べる。

日本人が考える貧困とは桁が違います。

そういう経験を通じて、若者たちは「日本という国は……」と、考え始めるようになります。

満たされすぎていることに気づく一方で、携帯の電波も届かないし電気も通っていないような場所での暮らしを「可哀想」「みじめだ」とも思わなくなる。同じ時代に同じ地球に生きている人たちのために、自分には何ができるのかを考え始めると同時に、彼らの中にある生きる力にも気づきます。

ただ、残念なことに、日本では協力隊員の帰国後の受け皿がほぼありません。いい経験を積んだと張り切れば張り切るほど、「意識が高すぎる」などと煙たがられる。面倒なやつだと邪魔者扱いされて、ノイローゼになる人もいると聞きました。

非常に残念な話ですが、この状況からもヒントを見出すことができます。つまり、波風を立てることを好まないのが日本人社会というのなら、あえて波風を立てれば、政治への関心が生まれるのではないでしょうか。海外に出て刺激を受けた人が増えれば、状況を変え得るほどのパワーが生まれる可能性はあります。

「意識高い」が悪口になる日本

ボランティアで被災地に行った体験も重要です。

非日常を経験して都会での日常に戻ると、「これまでとは違った何か」が見えるようになります。

ところが、飲み会などでそういう気付きを語り出すと、最初は興味を持って聞いてもらえるのですが、回を重ねると「またその話か」と言われる。「現地に一緒に行こう」と誘っても、誰も興味を示さない。「もっと問題意識を持とうぜ」なんて言おうものなら、煙たがられて、次の飲み会には誘われなくなる。

結果的に都会に居場所がなくなり、被災地に戻っていくという例を取材で目の当たりにしました。

このケースから見えてくるのは、政治への関心、あるいは波風を立てるような発言に対する、同調圧力よりももっと以前の「そういう意識高い系の話は聞きたくない」という心の動きの存在です。

「意識高い」という表現を初めて聞いた時、私は褒め言葉だと思いました。ところが、学生たちから「違いますよ。意識が高くて面倒なやつって多いでしょう」と聞いて驚きました。

欧米なら、意識が高いのはよいことだと褒められる。なのに、日本では迷惑がられる。こういう風潮は、改めるべきです。

「すべてを自分の思い通りにはできない」

日本という国、日本人という国民性では、政治への関心を高めたり国民が積極的に政治に参加したりする状況を作るのはなかなか困難であるという話ばかりが続きました。ここからは、知恵を出し合って、若者が未来に希望を持てる国にするために私たちに何ができるかを一緒に見つけたいと思います。

「小学生くらいから『政治って生きていくために必要だよね』というリテラシーを持たせないと、大学生になってから、選挙権を持ってからでは遅い気がします」

若者は、ストレートに「政治に関心を持て」と言うと、かえって引いてしまいます。

私が小学生の頃は、道徳の時間にクラス全員でいろんなテーマで議論をしたものです。当時、優秀な先生は教室の自治を基本的に子どもたちにまかせてくれました。

最初は、力の強い子や声の大きい子がリーダーになります。次に、世渡り上手な子どもが加わる。最後は、責任をもってこのクラスをよくしていきたいという子どもが現れて、みんながバランスよく活躍し始めます。

そういう中で、一人ひとりが「すべてを自分の思い通りにはできない」ことを知り、時には我慢が必要だと学んでいきます。

今の学生に、こういう話をすると、驚愕します。そんな授業は自分たちの学校にはなかった、と。

「やってほしかったなぁ」とうらやましがる学生も多い。

今振り返ってみても、大変重要な授業だったと思います。

まずは、自由な議論の場を子どもたちに与える

小学校で政治教育を始めようなどと言うと、絶対に反対する人が現れます。まずは、子どもたちが主体となって「クラスはなぜあると思う？」「学校って必要だと思う？」といった議論をする場をつくるところから始めましょう。

先生や大人は「君たちの好きにやりなさい」と言って教壇から降り、低いところで見守る。誰かを個人攻撃するなど、さすがに行き過ぎだろうと思った時だけ「ちょっと話を元に戻そうよ」と、ひと言、介入するだけに留めます。

一念発起して行動する人を称《たた》え、応援する。

疑問や違和感があれば、解きほぐす努力を怠らない。

そういう思考や行動が、民主主義の土壌を豊かにし、異なる価値観の人を繋《つな》いでいく——。

それは、けっして難しいことではありません。

そして、いつか若い世代によって、日本らしい民主主義が確立できたら、チャーチルに言ってやりましょう。

「民主主義も悪くない」と。

第三章　「ミステリーの女王」を通して疑う力を養う

Aunt Agatha

「ホワイト・ラムをオレンジジュースで割ると、キューバン・スクリュー」

ミステリー好きのお客様が、カウンターに開いた手帳を読み上げた。私は、タンブラーを準備した。

「待って！　ここにアロマチック・ビターズを加えると、何になる？」

おつくりしたことのないものだが、お客様が読んでいた本のカバーが目に入る。

「確か、『アント・アガサ』、でしたっけ」

「さすが、ジョージ、それをお願い」

準備を始めると、お客様がまた手帳に視線を落とす。

「アガサ・クリスティーが亡くなった時に、捧げられたカクテルなんですって」

「つまり、ミステリーの女王が愛したカクテルだったんですね」

「由来は不明なの。スクリュー・ドライバーのカクテル言葉は、『あなたに心を奪われました』でしょ」

「私は、『油断』と記憶していますが」

「あなたに心を奪われました、なんていうカクテルを振る舞う男にポーッとすると、油断が生まれる。ミステリーっぽくなってきた」

苦笑いを浮かべて、カクテルをお出しした。

「キューバンってカクテルもあるわよね。このカクテル言葉は、『隠し事』。それらが合わさったわけだから、いかにもミステリーの女王に相応《ふさわ》しい」

かなり強引だが、それで納得されているのであれば、申し上げる言葉はない。

「失礼だが、アガサ違いをしておられる」

カウンターの端にいた老紳士が言った。

「その『アント・アガサ』は、クリスティーと同時代のユーモアミステリの大家P・G・ウッドハウスの名作『比類なきジーヴス』に登場する、怖いアガサ伯母さんにちなんだと言われています」

「何を信じるのかは、個人の勝手。真実なんてそんなものでしょ」

お客様は、一気にカクテルをあおると、『カーテン』というタイトルの本をバッグにしまった。

【課題】アガサ・クリスティーの『葬儀を終えて』を読み、最も印象的な嘘（状況）は何でしたか？　その選定理由と、どこで騙されたか、また、犯人がどこで分かったかについても合わせてご記載ください。

（太字は受講生たちの事前レポートより一部抜粋）※ネタバレにならないコメントのみを掲載しています。

「最後のポアロの謎解きまで、まったく分からなかった」

「途中まで怪しんだのに、ある出来事で犯人ではないと判断した人が実は犯人でした」

「登場人物がみんな怪しく思えました」

小説には嘘がちりばめられている

アガサ・クリスティーの『葬儀を終えて』（ハヤカワ・クリスティー文庫）を事前にみなさんに読んでもらいました。作品を読み解きながら、「人はどういうシチュエーションになると嘘をつくのか」「嘘をどう見抜けばいいのか」を議論していきたいと思います。

私は、二〇二二年に出した『〝正しい〟を疑え！』（岩波ジュニア新書）にも書きましたが、事あるごとに、「小説を読みましょう」「ミステリーを読みましょう」と言い続けています。これには主に二つの意味があります。

まず、小説の最大の魅力は、他人の人生を疑似体験できることです。複数の登場人物の視点が、多様性を養ってくれます。もう一つは、疑う力の育成です。何しろ、小説には嘘がちりばめられていますから。

クリスティーは、世界で知らない人がいないほどの有名な作家です。これまでに推定二十億冊が読まれているそうです。映画化やドラマ化も何度もされています。

それはなぜか。

とにかく面白いからです。デビュー直後から初期は、アクロバティックなトリックが多くて、その後のミステリー作家の教科書みたいな物語をたくさん書いています。

そして、中期から後期にかけては、嘘をちりばめて読者の先入観を利用し、物語を運んでいくという謎解きミステリーのスタイルをつくり上げました。

誰にでも殺人のチャンスがある。みんな怪しい。それでも、一つずつ嘘を見抜いていくと、最終的には犯人を追いつめることができます。

シンプルな嘘がいちばん効果的

今回初めて海外ミステリーを読んだという人からは、カタカナの名前がたくさん出てきて、誰が誰だかなかなか覚えられなかったという声もありましたが、クリスティーの小説は、読み進めていくうちにキャラクターごとの固有のイメージがちゃんとできていきます。文章も、読みやすい。高校生レベルの英語力があれば原書を楽しむこともできます。私も浪人生だった頃に、英語に慣れるためにクリスティー作品を読んだことがあります。

そして、そんなにシンプルな読みやすい文章なのに、ほとんどの読者を騙せる。

人を騙すためには、複雑に入り組んだ話で煙に巻かねばならないと思いがちですが、実は、シンプルな嘘がいちばん効果的です。

『葬儀を終えて』で最も重要な嘘も、非常にさらっと、しかも堂々と出てくる。つい読み流してしまうわけですが、そこで見抜けないと、最後まで犯人に対して疑いの目が向かないようにつくられています。

ミスリードも嘘の一種

クリスティーはミスリードも上手い。書き手が読者にさりげなく先入観を与えてミスリードしていく。これも、嘘の一種です。

小説の冒頭に、執事のランズコムが出てきて、彼の視点での語りが始まります。この「視点」が、小説を読む際のキーワードです。

視点を持つ登場人物を〝視点登場人物〟と私は呼んでいます。このとき、視点、つまりカメラのレンズは、語り手のすぐ後ろにあります。だから、語り手が向いている方向しか見ることはできない。背後で起こっていることは、見えません。

加えて、このカメラのレンズは語り手の内面も映し出します。

小説にはルールがあって、視点登場人物の内面の描写に嘘があってはいけません。カギカッコ（「　」）で表される会話の中ではいくら嘘をついても構いませんが、地の文では絶対に嘘をつかない。

例外的に、文章全体が誰かの記述というスタイルの作品もあって、この場合は地の文の嘘が許されていますが、今回はそうではないのでルールは守られています。

執事が現れて、いかにもイギリスのミステリー色豊かな雰囲気で物語が幕を開ける。ここは、うまいなあと思います。

まず、ランズコムの目を通して、登場人物を紹介します。お手伝いさんや小間使いなどを主人公にした「私が見た！」という人気作品があるように、執事はなんでもよく見ている人だという先入観が読者にはある。そこも上手く使っています。

次に視点登場人物として現れるのは、弁護士エントウィッスル。弁護士は理知的で理性的、確実なことしか言わないという前提を読者は持っています。執事に加えて、弁護士の視点で登場人物が語られることで、キャラクター設定が重層化してそれぞれの個性が際立ちます。

伏線でくさびを打ってミスリードしていく

やがて殺人の被害者となるコーラという女性について、弁護士エントウィッスルはこう語ります。

「哀れな末っ子のコーラ！　生まれたときからずっとまわりの困惑の種で、成長すると背は高く不器用になり、言わぬが花のあれこれをやたらと口走ってしまう癖があった」（加賀山卓朗訳、ハヤカワ文庫）

この一節が、この後にコーラが発言する、その場にいる人たちを居心地悪くさせてしまう衝撃的な発言の伏線となります。

内容の割には、みんな、あまり驚かない。ほら、また始まったと思ってしまう。エントウィッスルの言葉でくさびを打ってあるので、コーラの妙な発言はあっさりスルーされてしまいます。

一方、読者は、この発言のせいでひと騒動起きるんじゃないかと期待します。コーラは何かを知っている。この余計なひと言によって、コーラは殺されてしまうのだろうと思わせる流れが素晴らしい。

そして、ヘレンという女性の視点に変わります。弁護士が絶賛するほどの知性的な女性。このときにヘレンが感じた違和感も、後々効いてきます。

クリスティーはこの小説を書きながら、この謎を解くのは難しいだろうと相当な自信を持っていたと思います。だから、どんどん謎を、嘘を、読者の目の前にぶらさげていきます。

日本人は文章を肯定的に読む

小説、とりわけミステリーを読むことを薦めているのには、別の大きな理由もあります。

それは、日本人が文章を肯定的に読み、受け止めることに対する警鐘です。

少しクリスティーの話から離れますが、たとえば、「台湾有事が深刻だから、日本は防衛の備えが必要だ」という記事があったとします。読んだ人は、「大変だ！」「日本の安全保障はどうなるのか」「アメリカはどう考えているのか」などと反応する。

一歩引いて、「それって本当？」「日本は中国とそれほど仲が悪かったっけ？」という問いを持つ人は、ほとんどいません。中国と仲が悪いのはアメリカで、日本は関係ないんじゃないのという疑問を誰も持たない。中国が敵であるという認識を前提にして、話が進んでいってしまいます。

そもそも、戦争が正しいはずはない。ちょっと待てよ、と考えられるようになるためには、筆者が読者に植え付けようとしているイメージ、つまり先入観を見抜く必要があります。

そのための訓練の一つが、クリスティー作品のような良質のミステリーを読むことです。嘘や先入観に対して「ちょっと待てよ」「何かがおかしい」といったん立ち止まって違和感を持てるようになるためには、騙されて、痛い目に遭うという経験が必要です。

とはいえ、実際の人生でひどく騙されてしまうと、二度と立ち上がれないほど心を傷つけられるかもしれません。それを安全な場所にいながら疑似体験できるのがミステリーなのです。

九九％の真実に一％の嘘を混ぜる

嘘をつく時は、九九％は真実を言った方が、人を騙すことができます。

たとえば、「昨日どうしていたの？」と聞かれて「日比谷で映画を見て、その後日比谷公園を散歩したよ。夕飯は銀座でイタリアンを食べた」と全て真実を話し、「誰と行ったのか」だけ嘘をつく。そうすると、百回聞かれても、間違えずに同じように答えられます。

嘘をつくのが下手な人は、全部を作り話にしてしまうので、どこかでボロが出る。「あれ、さっきと話が違うけど」と突っ込まれてしまいます。

警察が容疑者を取り調べる際に何度も繰り返し同じ話をさせるのは、繰り返す中で嘘がバレることを知っているからです。

だから、本当に徹底的に騙し通したいときには、大事な一か所だけで嘘をつくのが正解です。こんなことを教えるのもどうかと思いますが（笑）。

クリスティーは、「あなたはきっとこの人を疑うでしょうね」と、読者の思考を想定しながら話を進めていきます。

読者は「もしかして、私、作家の意図がわかったかもしれない」などと、ほくそ笑む。その時点で、完全に罠にはまっている。

そして、嘘のオンパレードが続きます。

誰を信用していいか分からなくなる

徐々に、登場人物全員が、何らかの嘘をついていたことがバレ始めます。お金に困っている、夫婦であってもお互いを実は信用していないなどの事情も明らかになります。アリバイに関しても、最初はアリバイがあれば疑わしくないと思っていたのに、逆に、アリバイを主張する人の方が怪しく見えるようになっていく。どいつもこいつも、ろくでもない中途半端なやつばかり。聖人君子なんていない。誰に対しても、怪しさが増していきます。

この作品は名探偵エルキュール・ポアロシリーズの一つなので、中盤あたりからポアロが登場します。

そして、登場人物たちが、他者の嘘を言い立て始める。

だんだん誰もが不信感のかたまりになっていく。「あなた、あの時本当はいなかったじゃないの」と夫婦が揉《も》める。

隠しごとが露わになっていきます。

いい人だと思っていた人にも、実は問題があることが判明する。

ある人物を疑っていたのに、別の場面になると、別の人物が怪しく見えてくる。場面づくりの順番にも作者の意図があります。

次第に、誰を信用していいのか分からなくなっていきます。

そして、ラスト百ページほどになったところで、クリスティーは犯人にある発言をさせます。

「ここで分からなきゃだめよ」とでも言わんばかりに。

その後、カードが一枚ずつ開いていくかのように、全体像が見え始めます。最後には、この人しか犯人ではあり得ないという納得の結論に至ります。

さまざまな嘘がある

ポアロは、この作品に限らず、嘘を見抜くということについて重要なことを語っています。

「人を長いあいだしゃべらせれば、どんな話題であっても、遅かれ早かれ正体を現わすというのが、私の確たる信念です」

長くしゃべると、ボロが出る。つまり、嘘のほころびが出てくるというわけです。

クリスティー作品の登場人物は嘘つきが多い。この小説の中で嘘をついていない人はほとんどいません。

日本人の感覚では、嘘は悪い人がつくもの、よこしまな気持ちや後ろめたい隠し事のある人がつくものだと思い込みがちですが、中には善意でつく嘘もあります。

また、こういう嘘もあります。

事件の夜にアリバイがなくて疑われて困っていたら、「あの日、散歩途中で会ったよね」という知人が現れる。そんなはずはなかったと思いはしても、疑いを晴らしたい一心でその言葉に縋《すが》りつき、アリバイ成立。わざわざ証言してくれるとは、なんていい人なんだろうと感謝する。

だけど、これは実は、その知人が自分のアリバイを証明するために利用していただけだった、というケース。非常にうまく嘘を利用しています。

聞いた話をすぐに自分の体験のように言う人を出してくるというのもクリスティーがよく使う手法です。実社会でも、自分の経験ではないことを、自分の話として語る人は結構多いですよね。

「○○さんから聞いたんだけど」「○○さんが見たらしいけど」という断りを入れずに「私が見た」「私は知っている」という話に変えてしまう。

その人に、騙そうという悪意はありません。本人も、すっかり信じ込んでいる。その話を聞いた第三者は、その事実は間違いないと考えるようになります。

この場合、嘘をつきたかったのは誰なのか。いかにも他人《ひと》の話を見てきたように言う癖のある人物に対して、わざと耳に入るように作り話をした人、そこに嘘の意図があります。

人間の外面と内面のギャップも「嘘」になる

イギリスのミステリー小説の特徴でもありますが、最初から湧き出るように人がたくさん出てきて、徐々に性格付けがされていきます。

その中では、「あの人は嘘つきだ」という話も出てくる。ここで面白いのは、ミステリーの場合、「嘘つき」だと言われている人の証言は案外正しくて、「あの人は正直者だ」と言われている人の証言の方が疑わしい。

あるいは、いつも弱々しい人が、実は芯は強かったり、強そうな人がもろかったりします。

人間には両面性があって、常に表に見せているのは、自分がなりたい自分です。ところが、ミステリーではその人の真の姿を描き出し、そのギャップを嘘として使います。

小説家は、最初は本人が見せたい自分を描写します。次に、視点登場人物にその人物を置いて、内面を見せる。

強気の男だと見えていた人が、内心ではずっとドギマギ震えている。読者はそのギャップに驚きます。

そんな風に、書き手がリードするストーリーに、読者は誘導されていきます。

小説の世界だけでなく、先ほど例に挙げた台湾有事でも同様です。メディアや政治家が一斉に「台湾有事に備えろ」と言い出すと、なぜ日本が中国と闘うことが前提となっているのかという問いを持つことなく、その論の中に誘導されてしまう。

気がつけば作り手のストーリーに誘導されている

主に東大の学生を対象とした政治がテーマの勉強会で、学生が台湾有事をテーマに議論したいと言ってきたことがありました。

議論が始まって驚いたのは、学生たちの主張は「どうやって攻めればいいか」ばかり。まるでシミュレーションゲームをやっているかのような感覚です。

そこで、聞いてみました。「そもそも、戦争が起こる根拠はどこにあるのか」と。返ってきた答えは「だって、新聞やメディア、SNSがそう言っています」。

参加者の中に、中国からの留学生がいました。彼女はアメリカで政治学を学んだ後に、東大に留学して公共政策を学んでいます。他の学生たちが、「どうやって中国を制圧するか」という話でさんざん盛り上がった後に、最後に手を挙げてこう言いました。

「みなさんに聞きたい。私たち中国人のことが嫌いですか」

私たちの国が嫌いで許せないなら、どうぞ戦争をしましょう。でも私は日本が大好きです。みんな優しくしてくれるし、日本の文化も素晴らしい。私たち留学生は日本と戦争をする気なんてみじんもないのに、どうして日本はアメリカと中国の戦争に巻き込まれて、中国と闘うんですか。その場合、敵はアメリカじゃないんですか。

学生たちは、うつむいて黙りこんでしまいました。

「君たち、ちゃんと説明しなさい」と促したら、「あなたを傷つけるつもりはないんだけど、今日はそういうテーマだから」と言い訳をした。

いや、ちょっと待て、と。そもそも台湾有事イコールどうしたら戦争に勝てるかがテーマではない。そう思い込んだ時点で、すでに先入観を植え付けられて誘導されてしまっている。

この種の誘導は、日々、ある意味ミステリー作品よりも巧妙に行われています。

まずは騙されて、次は嘘を見抜くために読む

情報には意図がある。「正しさ」をさりげなく押し付けてくる。その結果、知らない間に「ＮＯ」と言えない構図が出来上がってしまいます。

これが正義だ、これが正しい、あるいは犯人だと言われてしまうと、そうかなと思ってしまう。

しかし、そこで強い流れに巻き込まれずに、必死に足を踏ん張ってほしい。

「それは、あなたが勝手に言っているだけですよね」と言える軸を持ちたい。誰かが正論という名のもとに自分たちをだまそうとしている——そう見抜く力をつけるためには、巧

妙に騙される経験が必要です。

だからこそ、今回、クリスティー作品を課題図書にしました。

たかがミステリー、この作品がクリスティーの最高傑作というわけでもありませんが、この中に並べられている「嘘」のカードの全てを見抜いていくのは、とてもよい訓練になると思います。

今回、作者が誘導しているところに付箋を貼りながら読んでみたら、驚くほどたくさんありました。

このうち二割くらいを見落とすと、絶対に正解にたどり着けません。

クリスティーは細かいモザイクのように嘘や先入観を組み込んで、緻密な作品に仕上げています。十冊くらい連続して読むと、嘘を見抜く目が相当鍛えられるはずです。

ただし、必ず二回読んでください。一回目は、トリックを見抜き、嘘を見破り、真剣に犯人捜しに取り組んでください。でも、ほとんどの人は最後まで見抜けないでしょう。

その悔しさを胸に、できれば一か月以内に、二回目を読む。そうすると、「あ、ここで騙されたんだ」と、気づきます。「ここで、誘導されちゃったな」と、はっきり分かるようになります。

このトレーニングを続けると、次第に違和感のアンテナが高くなり、情報に含まれた意図にも敏感になります。

疑似の人生経験を小説で積む

クリスティー作品を読んで何度も騙されているうちに、「この人が嘘をつきそうだ」というのも分かるようになります。どういうシチュエーションで嘘がつかれるのか、どういうタイプの人がどういう時に嘘をつくのかが、見えてくる。そうすると、実生活でも、「このタイプには気をつけよう」「こういうシチュエーションでの発言は要注意」と思えるようになります。

以前、勉強会で、嘘を見抜けるようになるためにミステリーを読みましょうという話をしたとき、参加していた学生がこう言ってきました。

「真山さんは人が信じることを信じないひねくれものだから、なんでも疑えるんです。普通は無理です」

だけど、嘘を見抜くことや前提を疑うことが特殊な人にしかできない才能のようなものならば、騙されやすい人たちは一生騙されたままです。

そんなことがあってはいけない。

ぜひ、訓練してほしいと思います。

決して難しくはありません。素振りのようなものです。たくさんひどい目に遭うと、もうだまされたくないと決意します。経験値が上がると、いつもならすぐに飛びつく情報を一歩下がって見ることができたり、恋愛で一気に熱が上がりそうな時にも「本当に自分のことを大事にしてくれる人なのかどうか、様子を見よう」と冷静になれたりします。

でも、そういう経験値を実人生で上げるのは非常に長い時間がかかる上に、相当な傷を負うことにもなります。

それならば、小説で、ミステリーで、疑似の人生経験を積めばいい。

騙されていい嘘、巻き込まれてはいけない嘘

クリスティー作品からは、殺されない方法や、殺人を犯してもバレない方法、疑われた時のごまかし方なども学べますが（笑）、もっとも重要な学びは「世の中は嘘にまみれている」と知ることです。

みんな嘘をつく。

「自分は嘘なんてついたことがない」という人ほど、大嘘つき。様々な嘘まみれの中で、騙されていい嘘があり、巻き込まれてはいけない嘘があります。

これだけは絶対に巻き込まれてはいけないという嘘を見抜けるようになるには、たくさん騙されるしかありません。

小説を読むことは、感情移入をしながら他人の人生を生きることです。一冊の小説で、視点登場人物の数だけ、人生を経験できます。それぞれが、別々の価値観を持っている。立場や状況によって、つかざるを得ない嘘もあるし、意図せず嘘に荷担している場合もある。どんなシチュエーションに嘘があるのかを経験値として積んでいくことができます。

本講義の通しテーマは「正しいを疑う」ですが、正しさは絶対的なものではなく、何を信じているかによって変わることもあれば、正しさを押し付けたくて嘘が混ざる場合もあります。

世の中はこれほどまでに嘘にまみれているのかと、深刻に悩み過ぎないでください。自分でそれに気づけるのであれば、心配はいりません。それどころか、かえって世の中の在り様がクリアに見えるようになります。

「それで誰が得をするのか」を考える

情報を耳にしたときに、「それは誰が言っているのか」、そして、「それによって誰が得をするのか」という発想を持つようにしてください。

たとえば子ども手当を出しましょうという話が政権から出てくる。それによって得をするのは誰なのか。一見、手当を受ける子ども自身のように思えますが、実際は子ども本人ではなくて親にお金が入ります。

だからと言って、親は本当に得をするのか。子どもがいない人はどうなるのか。最終的に得をするのはこういう政策を発表した政権で、子どものいる親の歓心を金で買っているんじゃないか。

「誰が結局は得をするのか」を考えるためには、一歩引いたところから全体の構図を見る必要があります。そうじゃないと、隠れた関係性が見えてこない。データも画像も映像も、提示した側の思惑や意図に沿って出されています。すぐに目に見えるように分かりやすく提示されたものがいかに怖いかを知っておくべきです。

世の中に流れているニュースを見ていると、矛盾が多い。疑う目を持たないと、それらが前提となって話が進んでいってしまいます。世の中を見渡してそれぞれのニュースを糸でつなぐことをしない限り、そのことに気づきようがありません。

ミステリー作家が「この設定で騙されてほしい」と、コントロールをしている以上に、もっとずるい誘導を日常的にされていて、あっさり騙されてしまっているとしたら、悔しいですよね。

ここからは、騙されないためにどうすればいいかを議論したいと思います。

インパクトのある事象に目が向いてしまう

「まんまと騙されたのは、冒頭に出てきた前提を本当のことだと完全に思い込んでしまったせいでした」


小説では、始め方がとても重要です。

冒頭で、読者をミスリードできたら、作家の勝ちと言っても過言ではありません。

また、どんなシチュエーションから始めるかにも、知恵を絞ります。インパクトのある事象に、人の目は向く。そのままその前提となる事象を受け入れてしまったら、その時点で、読者を誘導しやすくなります。

だから、読者としては、「これはどういう意図だろう」と常に考える姿勢が大切です。ちょっとした嘘を仕込んで、それを見破らせて、読者に「自分の方が作者より賢い」と思わせるのが上手な作家もいます。油断は禁物です。

「これは伏線だな、と思ったことが、最後まで解決されなかったのが気持ち悪くて」

いわゆる「伏線が回収されていない」という状態ですね。

でも、実は、回収しないものを伏線とは呼びません。

それは、ミステリーの世界ではレッドヘリングと呼ばれるもので、注意をそらすためにわざと提示される〝サクラ〟のようなものです。つまり、偽の手掛かり。いかにも怪しそうで、ぷんぷん匂うのですが、どこかでそれに対する疑いを見限るという判断が必要です。

「どうしてそんな話をするの？」と聞く勇気

「さらっと前提に入れられてしまうと、疑いをさしはさむ余地がない。どうすればいいんでしょう」

静かに始まるときは、特に要注意です。インパクトが強いときにも注意が必要ですが、静かな方が、もっと危ない。

たとえば、静かに夜が明けて、湖には霧がかかり靄《もや》が立ちこめている。そんな情景の中で愛憎渦巻く物語が始まる……というとき、この湖には霧がかかるという描写が後々の重要な要素だったりします。

それを、いかにさらっと書けるかというのが書き手の力です。小説には、どうでもいい描写、〝捨て〟シーンはほとんどありません。何か、意味があります。

とはいえ、四六時中、「この前提は何か」「ここにはどんな意味があるのか」と考え通しでは身が持ちません。ほとんどの場合、そこまでする必要はありません。

ただ、「今、私、説得されそうになっているな」「このまま丸め込まれそうだ」と感じたときには、「どうしてそんな話をするの？」と聞く勇気を持ってほしいと思います。

「黙ったままにしている」のは何か

話している内容は嘘じゃないのに、その裏の、語らない部分に嘘を含む場合があります。

たとえば、どの政党も公約の中では都合の悪いことは一切言いません。

子ども手当をやります、とは言うけれど、その財源の説明はしない。うやむやのままにしています。

何か良いことをすれば、どこかにしわ寄せがくるのは当然です。カネがない国ですから、カネを配るためには、どこかから集めて捻出しなければならない。それなのに、そこは語らずにいる。正直に話してしまうと、人気が落ちるかもしれない。ごまかそうと思うと嘘を約束することになる。だから、あえて言及しない。

私は、「これについてはまだ説明していない」「最後まで言わずに済ますつもりなのか」と思いながら聞いています。

小説でも、こういう設定はよくあります。誰かが、語らずにいる。一方で、よくしゃべる登場人物がいる。みんながおしゃべりに辟易《へきえき》して、沈黙が場を支配したという描写があったとします。

読者は、うるさくて面倒なおしゃべりのせいで、他の人は黙り込んでいるのだろうと思いますが、実は、意識的に黙っていたい人がまぎれ込んでいる。

嘘をつくぐらいなら黙っていようと思う場面は、日常でもよくあります。

だから、黙ったままにしているのは何かを察することも、嘘を見抜くのと同じくらい重要です。何を隠しているのかを探る。これは、非常に難しいことではありますが、頭の片隅に置いておいてください。

声の上げ方も大事

同一性の高い社会で空気を読むことを求められ続けると、違和感のスイッチが消えていきます。

「それは違うんじゃないか」と抗議をしたところで、聞き入れてもらえることは少ない。余計なことは言わない方が無難だという実感は、諦《あきら》めを呼び、やがて無関心に繋がっていきます。

高度経済成長が背景にあって、黙って頑張っていれば努力が報われて給料も上がり豊かになれた時代ならそれでもよかったのですが、現代は、図々しい人がのし上がっていく時代です。無関心でいるのは「善」ではありません。

だからと言って、「一言申し上げたい」とやみくもに声をあげても、まともに相手にされません。「企業の論理はこうだから」「社会の常識だから」と言われてしまう。それでも負けずに問題提起をし続けるためには、相手を怒らせずに筋を通す、納得させるという力が必要です。声の上げ方も大事です。いつでも真正面からモノ申すだけが正解ではありません。自分の意見を通すための落としどころはどこか。どうしても納得できないときに、「それはおかしい」と声を上げるためには、相手の話の本質を見抜く目を養わなければなりません。

話がクリスティーから脱線してきましたが、少し戻すと、ミステリー作品、特にクリスティーの作品には、「こういうふうに話すと、みんな騙されてしまう」という発見がたくさんあります。そのパターンを知ることで、騙されないようにするには何に気をつければいいのかが自然と身につきます。

騙されることで、世の中の構図に気づく

以前、同じような趣旨の読書会を、東大卒でＭＢＡを持っている人ばかりを集めて開いたことがあります。

その時も、全員が最後まで犯人の嘘を見抜けなくて、すごく悔しがっていました。

私が「ここに決定的な嘘がある」と解説すると、「そんな細かいところで人を騙すなん

て卑怯《ひきょう》だ」と言い出す人もいて、いやいや、あなたたちも、普段はそうやって誰かを騙しているんじゃないのと言ったら黙り込んでいました（笑）。

これは、興味深い構図ですね。自分の思い通りに物事を進めて、人を騙すことには痛痒《つうよう》を感じない。

でも、反対に誰かの思い通りに騙された時には、非常に腹が立つ。

社会では、誰もが誰かの思惑に振り回されています。それを肌身で感じるためには、やはり騙されてみるしかない。

騙されてはじめて、なるほど、世の中はこんな構図なのかということが腑に落ちます。

「今の話を聞いて、騙されないようにしようという方向性よりは、騙す側に回った方がいいんじゃないかと思いました（笑）」

騙されるくらいなら騙したいと考えるのは、まっとうな発想です。ただし、しっぺ返しを覚悟してください。

黙っていれば撃たれないものを、騙すという攻めに出るわけですから、袋叩きにあう可能性もある。

とはいえ、人を騙そうと思うと、人の「隙《すき》」に意識が向くようになり、翻《ひるがえ》って自分自身の隙にも気づけるようになります。

私はたまに「人狼ゲーム」をミステリー好きの仲間たちとやることがありますが、とにかくみんな嘘が上手い。

嘘のつき方も十人十色です。ずっと黙っている人、わざと騒ぐ人、怪しいふりをする人、なんとなく匂わせる人……。

私はガンガン攻めに行くので、「狼が誰かを殺します」というタイミングで、いちばんに殺されることが多い。攻めに出るとこういうリスクがあります（笑）。

ゲームはルールを作った人が勝てる

ゲームの話の延長で、アメリカの強さの理由について、少しお話ししておきます。

アメリカが強いのは、ルールを自分たちで決めているからです。

ゲームは、ルールを作った人が勝てます。『ハゲタカ』という小説でも書きましたが、グローバルスタンダードという概念をバブル経済崩壊後の日本に持ち込んだのは、アメリカです。その結果、日本の金融機関がバタバタと倒れました。

「グローバルスタンダード」、つまり世界共通の標準。とても響きのいい言葉ですが、実際は「アメリカンスタンダード」です。日本だけでなく、困惑させられた国が他にもたくさんありました。

アメリカは大変賢い、利に敏《さと》い人たちの国なので、ルールを作ったうえで、すべてを奪っていったのです。

ゲームにおいても、前提が大事です。

たとえば、「金融の世界を新しくするために必要なのは『フェア』です」と言い、「フェアとは何か」を自分たちで定義する。

そういう中で戦うためには、ゲームのルールが決められてしまう前の段階で「ちょっと待ってください」と言わなければならない。「それは、私たちには認められないルールだ」と粘る必要がある。

しかし、たいていの場合、アメリカコンプレックスのせいもあって日本人は弱腰です。戦う前に、負けてしまっている。

この状況を打開するには、国民性というところからのボトムアップが必要です。

小学生くらいから鍛えるしかない。もちろん、小学生に騙し合いをさせたいわけではありません。活発な議論をしてほしい。議論の際に必要なのは、まず相手の話を聞く姿勢で、その上で、「ここは賛成」「ここがよくわからない」「ここは受け入れられない」と伝える力を磨いてもらいたいと思います。

とりわけ大事なのは、「ここがよくわからない」というリターンを返すことです。相手の意図を読んで、語っていないところを見抜き、それについてもっとちゃんと語ってほしいと求める。

このトレーニングのためにも、クリスティー作品は非常に役に立ちます。

第四章　脱炭素社会におけるエネルギーのベスト・ミックス

ライムライト

店に入ってすぐに、やけに暗いなと天井を見上げた。やはり、ライトが灯《とも》っていない。

光源は、カウンターや床に置かれたキャンドルライトだった。

「今夜は、キャンドルナイトなんですか」

「さすが、イラストレーターは、表現が芸術的ね」

カウンターにいた顔見知りの女性が嫌みっぽく呟《つぶや》く。

「じゃあ、ジャーナリストは、この状況を何と呼ぶんですか」

「カーボンニュートラル・デイよ」

「脱炭素の日、ですか」

彼女の隣に腰を下ろしてビールを頼むと、ジョージから「あまり冷えてないんですけど、よろしいですか」とエクスキューズがあった。

「僕は、温燗《ぬるかん》が好きだから」

栓が抜かれグラスに注がれたハートトランドは、普段より泡立ったように見える。

「それで、脱炭素の日ってなんですか」

「カーボンニュートラル社会実現のためには、火力発電を撲滅しなければならない。今なお七割以上火力に依存しているニッポンが、カーボンニュートラル社会を実現するには、太陽光発電と風力発電に頼るしかないでしょ。そうすると、夜は、こうなるわけよ」

　なるほど、深い話だ。

「地球の住人として温暖化は防がないと」

「そのためなら、こんな暗くてクソ暑いのを我慢できる。クリエイターは凄《すご》いわ」

「脱炭素社会に懐疑的なんですね」

「非現実的だと考えている」

　確かに、こんな状況が続けば、ジョージの店は廃業かもしれない。尤も、私はこれぐらいの暗さでロウソクの炎を眺めながら、酒を飲むのは嫌いではないが。

「どういうのが、現実的なんですか」

「アイデアは、三つある。そこから選んで」

「お話し中ですが、店の奢《おご》りです」

ショートカクテルグラスに入ったオレンジ色の液体が炎に映え、気持ちが和んだ。

「これは？」

「『ライムライト』、でございます」

その時、店のドアが開いて、作業服を着た男が顔を覗《のぞ》かせた。

「お待たせしました。配電盤の修理が完了しました。もう、電気お使いになれます」

店内に灯《あか》りが点《とも》り、エアコンが稼働する音が響いた。

カウンターの上のカクテルの輝きが褪《あ》せた気がした。

【課題】３・11（東日本大震災）により原子力発電所の脅威を学んだにもかかわらず、カーボンニュートラル実現やエネルギー不足を背景に原発の再稼働が進んでいる。原発頼りのエネルギー供給による問題は何か。代替手段としての再生可能エネルギーには何が考えられるか。その導入のための課題とは何か。

（太字は受講生たちの事前レポートより一部抜粋）

「放射能という怪物を生み出し続ける原発を再稼働するという判断は、愚の骨頂。『原発再稼働反対』『これ以上、核のゴミを増やすな』『汚染処理水の海洋放出絶対反対』のシュプレヒコールを上げたい」

「原発については、せっかくそこにあるのだから、利用できるものは利用すればよいのではないか。現時点の最高の知見で運転可能とされたものは、できる限り運転継続し、脱炭素への時間稼ぎと電力コスト低減に役立てるべき」

「原発頼りのエネルギー供給は、効率的な発電が可能というメリットもあるが、事故が起きた際、取り返しのつかない損害が生じるデメリットもある。再生可能エネルギーとしては地熱発電のメリットを広く国民に知ってもらって、政府が適正な予算をつけて実現に向

けて進めていく必要がある」

エネルギー問題で意見が一致する必要はない

エネルギー問題に関しては、全員の意見が一致する必要はありません。

世の中で問題提起されているテーマや課題について、誰もが納得して一つの答えになるということは、なかなか難しいものですが、エネルギーの問題はその最たるものです。

そのようなテーマで議論する際に大切なのは、他の人の意見をよく聞くことです。

特に、自分とは反対の意見をフラットな気持ちで聞く。頭ごなしに「それは違う」「こいつは敵だ」と思わずに、「そういう考え方もあるのか」と受け止めたうえで、「理解できる」「聞くに値する」、あるいは、「どうしても納得できない」「ここが決定的に違う」という点を見出してください。

本書のベースとなるテーマは「正しいを疑う」ですが、エネルギー問題はまさに正しさがぶつかるものです。

同じ時代を生きていて、経てきた人生や生活水準などもさほど変わらないはずなのに、「なぜ、折り合えないのか」という視点が重要です。

エネルギーは安全保障である

共通の認識としてまず重要なのは、エネルギーは安全保障であるという前提です。

安全保障とは防衛力だと思っている人が多いのですが、それ以外にもいろんなものがあります。当然ながら食糧があります。自給率だけでなく安全性も含めての食糧です。水もそうです。

それから、塩。人間は塩がないと生命を維持できない。世界中が必死で塩を確保しています。さらに、公衆衛生も安全保障です。感染症を防ぐために国が強制力を発揮して、外国からの入国を制限したり、義務としてワクチンを打たせたりするなど、直近ではコロナ禍で私たちも経験しました。

国民が生きていくために絶対に必要なものを守るのが安全保障です。これが著しく不足すると、国民は死に、社会は終わります。

そんな事態が起きないために国家は安全保障の維持に努めなければなりません。

脱炭素と安全保障、どちらが重要か

グローバル化が進む現代では、若い人たち、特にエリート層の若者たちは「日本を出て海外に住む」選択肢を当然のように視野に入れています。彼らは「国家」という概念をほとんど持っていないように見受けられます。

国家とは何のためにあるのか――。

定義するならば、国民の命と国益を守るためです。

ということは、逆から見れば、国民の命と国益を守るためであれば、国家は権力を振りかざしてもよい。そのために、法律があり、警察がある。

つまり、安全保障は、国が国家としてあり続けるために絶対に必要なもので、政治学上、そのためには、時に国民に制限をかけてもかまわない。選択を国が決めてもいいと考えられています。

これは、エネルギー問題に関しても同様です。

この前提（すなわち一つの〝正しさ〟）に立つと、カーボンニュートラル社会の実現と安全保障のどちらが重要か。迷うことなく安全保障です。

地球温暖化は本当に悪なのか

今や世界の潮流は、脱炭素、カーボンニュートラル社会の実現へと舵を切ったように見えますが、これは、戦争のない平和な社会で、安定した生活を営む余裕があるからこその動きです。

もともとは温暖化対策から出てきた話ですが、「温暖化は本当に悪なのか」という前提を疑う視点も忘れないようにしましょう。

視野を広げるためのヒントとして、温暖化がマイナスではないと考えられているケースを一つご紹介しておきます。

今、世界の中で最も多くの資源が眠っているのはシベリアだと言われています。現状、肥沃な土壌の広大な土地が氷で覆われています。氷が解ければ穀物を含め食糧がたくさん収穫できるでしょう。レアアースの宝庫でもあり、天然ガスも採取できます。温暖化によって莫大な富を生むことが期待されています。

日本の世論の一部に、北方領土の件を無視してでもロシアとの関係を良好に保つべきだという意見があるのは、シベリアが日本の産業の成長を大きく後押ししてくれる可能性があるからです。

もう一つ、「ストップ！　温暖化」についてはこんな見方もあります。

一九七〇年にヨーロッパでローマクラブという国際的シンクタンクが発足しました。一九七二年に第一回報告書『成長の限界』を発表し、これが世界中から注目を集めました。

当時は、急激な工業化による公害の被害が深刻化していた時代です。このまま放っておくと、いずれ人口は爆発し、途上国がどんどんのし上がり、世界の一部はアジアが制覇するだろうと予想されていました。

そして、それをどう止めるかという議論の末に「途上国に、これ以上工場を稼働させない」という解決策を考えます。工場はエネルギーとして大量の火力を使うので、火力発電によって発生する二酸化炭素量を抑制し、工場を止めざるを得ない状況に追い込み、ひいては途上国の膨張に待ったをかける……。

ある国際政治学者によると、その頃から温暖化対策が言われ出したようです。

温暖化問題の解決や脱炭素というのは、ミクロ的な目で見ると大変素晴らしく映りますが、歴史の時間軸や地球規模で見ると、また違った見え方になります。単純に「これは良いことだから、これをマストにしなければならない」というものでもないかもしれない。

そういう視点も持ちながら、議論を進めていきましょう。

誰がゲームチェンジャーなのか

ガソリン車の規制についての動きにも変化があります。

ＥＵ（欧州連合）の執行機関である欧州委員会は、二〇二一年七月に「ガソリン車の販売を二〇三五年以降に禁止する」方針を出していましたが、二〇二三年の三月に方針を転換し、条件付きで認めると発表しています。

これはおそらくウクライナとロシアの戦争の余波でしょう。ロシアからの石炭と石油の供給が止まるとどうなるかが、身に染みたのだと思います。

ゲームにおいては最初にフラグを立てた人たちが新しいルールを決めることができます。脱炭素社会に向けた動きについては、ヨーロッパが、アメリカよりも早く動き出してゲームチェンジしています。

脱炭素に対してヨーロッパが前のめりに積極的なのは、自分たちはすでに十分成長しているので、もうこれ以上の成長は必要ないと考えているからです。対アメリカや対中国を考えたときに、電気自動車の開発で一歩先を行っている自負もあり、ここで舵を切れば新しい産業をリードできるという思惑があるのだと思います。

・見良いように見える動きにも、自分たちが得をしたいという利己的な動機が必ず含まれている。そういう現実も頭の中に入れておくべきでしょう。

日本は原発依存ではない

冒頭に掲げた課題文の中には疑わしい前提があることにお気づきでしょうか。「原発頼りのエネルギー供給」とさらりと書かれていますが、今の日本は原発依存ではありません。過去には原発に頼っていた時代がありましたが、現在（二〇二三年七月時点）は五〜六％程度で、残りのほとんどを火力で賄っています。

つまり、日本は、今、火力に依存している。脱炭素社会を実現するためには相当な覚悟が必要です。

ショートショートで、ロウソクだけが灯る暗い店内の状況を、女性ジャーナリストが脱炭素の日だと皮肉っていますが、これは、決して脱炭素という目標を否定しているわけではありません。脱炭素社会を目指すのであれば、電気との決別という覚悟が必要になるんじゃないのという、半分ジョークではありますが、一つの提案です。

彼女は、脱炭素社会は非現実的だと言っている。じゃあ、現実的に実現するためにはどうしたらいいのかと問われて、アイデアが三つあると言ったところで邪魔が入って話が途切れました。これは、わざとそうしました。

この三つのアイデアを一緒に考えていきたいと思います。

発電方法には一長一短がある

脱炭素社会を目指すうえで必要なのは、再生可能エネルギーです。ずいぶん昔からあるのが水力発電と地熱発電、東日本大震災以降は太陽光発電と風力発電にも注目が集まりました。また、最近では洋上風力発電がクローズアップされています。

発電方法を評価する際に重要なポイントが二つあります。発電容量と発電電力量です。

発電容量：発電設備における単位時間当たりの最大発電量

発電電力量：発電設備がある一定期間（たとえば一年間）に供給した電力の総量

また、もう一つ大事なポイントとして、「いつでも使えますか」という問いがあります。スイッチを押せばいつでも発電できるものと、「夜は無理」「風が吹かないと無理」という条件付きのものがある。

実は原発にも弱点があって、「電気が十分にあるから、少しの間、止めよう」ができません。これは、地熱もそうです。

揚水電力という発電方法もあります。高いところにあるダムから水を落として、その落差でタービンを回して発電する水力発電において、上部のダムの水が少なくなったときに、余っている電力を用いて下部の調整池から水をくみ上げ、またそれを落として電力をつくるという方法です。これは、電力が余っているからこそできる技です。

それぞれの発電方法に様々な特徴と使用する際の条件があります。それらを組み合わせて、ものすごく細かい需要に対して常に適正な電力を供給するシステムを作り上げるのが電力会社の腕の見せ所です。日本はその点、世界で最も優れた供給力を持っています。

ベースロード電源を原発にするという選択

電力の供給を考える時には、ベースロード電源をどうするかという問題があります。ベースロード電源とは、昼夜を問わず安定的に発電できる電力源を指します。原子力発電、火力発電、水力発電、地熱発電などが該当します。

原発事故の前、関西電力では全体の五〇％くらいの電力を原子力発電で賄っていました。それくらいの量が、深夜を含めた発電需要において最低限の量なので、ずっと動きっぱなしの、つまり簡単には止められない原発で賄えばいいという判断です。それ以外の、調整が必要な電力は火力で賄う。火力発電はスイッチのオンオフで発電量を調整できるので、調整弁として大変優れています。

二〇一一年の三月に福島第一原発で事故が起きたとき、ほとんどの電力会社は需要の一・五倍程度の供給力を持っていました。そのおかげで、あれほどの大事故の後でさえも、停電するエリアが少なくて済んだのです。

ただ、今はそうではありません。原発は当時の五分の一程度の稼働状況です。

不足分を火力発電が頑張っています。最大で百三十九万キロワット近くを発電できる原発に比べて火力は規模が小さいという先入観がありますが、たとえば横浜や川崎にある火力発電所は、それぞれ三百万キロワットの発電ができます。

とにかく、大変複雑な供給対応によってエネルギーのベスト・ミックスを作り上げてきたわけです。事故のせいで一転、原発依存を責められている日本ですが、そもそも資源がない国としては、安定供給を持続するためにベースロード電源を原発にするという選択はやむを得なかったのです。

電力は国家の力である

電圧のクオリティの安定性も、発電ではとても重要です。

以前、中国に取材出張に行った際に二百二十ボルトが時々減圧しているのを経験しました。部屋の電気がチラチラと揺れるので、すぐ気づきます。家庭の灯りがたまに揺れるくらいなら問題ありませんが、精密機械を作っている工場などの場合、事態は深刻です。

瞬間的に生じる停電を「瞬停」と呼びますが、半導体製造工場でこれが起こると、その時作っている製品はすべて使えなくなるそうです。たった数秒でかなりの損失を出してしまいます。

このような面から考えても、電力が安定供給されることは先進国の証《あかし》であり、電気は国家にとって最も重要な要素の一つです。

私たちは今、新しいエネルギーのベスト・ミックスを考えるように迫られていますが、電力が国家の力であるという認識のもとに議論は進められるべきです。

もちろん、多くの人が、部屋の電気は今の五分の一でいい、スマホも使わない、テレビの衛星放送なんてやめてしまえ、もちろんリニアなんていらない……と、電力消費を大幅に減らすことを前提に考えることも一つの選択肢です。

〝理想〟論ではなく、選択の先にある結果をきちんと見極めたうえで、地に足の着いた議論ができればと思います。

「原発は無くせない」

「原発は無くせないと思う。今、火力発電にかなり依存しています。再生可能エネルギーの比率を上げていくのはいいが、ベースロードとしての原発の安定性は欠かせない」

「電力が安全保障だということを、大多数の国民が見落としている。日本は限られた資源、財源の中でどこにどうお金を使っていくかを考えないといけないのだから、すでにある原発設備を一つの事故のせいで使わないというのは、もったいないと思う。運転可能な原発は動かせばいい」

今のところ、原発推進ミーティングみたいになってきていますが、他の方はどうでしょうか。

「真山先生は、課題文や『マグマ』という小説から察するところ、反原発ですよね」

毎回申し上げているが、課題という前提は、疑ってください。この問題は、脱炭素がんばれ！　という単純な話ではありません。

拙著『マグマ』を参考課題図書にしたのには意図がありました。過去を振り返っても仕方ないので、未来を考えるために、まずは地熱発電について知り、考えてもらいたかったのです。

この小説を書いた頃（二〇〇五年頃／出版は二〇〇六年）、私自身は、完全に原発を止めたいと考えていました。しかし、二〇一一年の原発事故以降は、メディアなどを通して「原発を止めるな」と言い続けています。

『ベイジン』で原発事故を予言

二〇〇八年に発表した『ベイジン』という小説では、物語の中で原発事故が起こります。構想中にそのアイデアを話すと、取材でお世話になったたくさんの専門家の方から、すごく怒られました。

「こんな事故が起きるわけがない」と。

私は、起きるわけがないと誰もが思っているなら、余計に、警鐘を鳴らす意味でも書きたいと思いました。

そして、三年後、日本で震災による原発事故が起きてしまった。事故の後、関係者からお詫びのメールが届きました。

「日本で事故なんて起きるわけがないと言って、すみませんでした」

当時は、私自身もショックを受けながら、「止められる方法があるのに、どうして止められないんだ」とテレビに流れる事故映像を眺めていました。

その後、二〇一八年に出した『シンドローム』という「ハゲタカ」シリーズ作があります。

東京電力のような会社を主人公の鷲津《わしづ》が買う話ですが、このようなストーリーを描こうと思ったのには理由があります。

福島の事故の後、『ベイジン』を読んだたくさんの原発関係者から「話を聞いてほしい」と言われて、かなり多くの証言が集まりました。噂《うわさ》レベルのものから、「ＮＨＫスペシャル」で取り上げられるような重大な発言までありました。それらを小説という形で読者に伝えるのは、事故が起きる前に、まるで予言するかのように事故を描いた人間こそがやるべきじゃないかと思ったのです。

日本の「安全神話」がリスクの想定を妨げた

日本の全ての電力会社が、原発の非常用電源を海沿いに設けています。非常用電源はディーゼル発電なので、軽油を必要とします。その給油のためには海沿いにあった方が楽なので、非常用電源は海側に設置すると決められていました。日本は津波のリスクがあるので、本来は、高い位置での設置を考えるべきでしたが、利便性を優先したことで判断を誤りました。

さらに、日本の「安全神話」が足を引っ張ってしまった。

東日本大震災の際、女川《おながわ》原発が安全に冷温停止し、福島第一原発が事故を起こしてしまうという明暗が分かれたのは、設置場所の「高さ」の違いだけが理由です。「崖の上にあるからきっと大丈夫」「過去にそれほど大きな津波はほとんどなかった」という、安全神話。

安全神話の下では、「この崖と防波堤を超えたらどうするんだ？」と誰かが聞こうものなら、「そんな不吉なことを言うと本当に起こるかもしれないから言っちゃダメだ」と封じ込められてしまいます。

日本の安全神話は、不動産や株、公衆衛生の世界にも根強く存在しています。

原発のコストは無限大？

原発事故の背景に、日本の文化や先入観があったのは事実ですが、私たちは、原発を今後どうするべきでしょう。

「経済産業省が出している『発電コスト検証に関する取りまとめ』の資料を見ると、原子力はコストが無限大となっています。これを使い続けるというのは、普通に算数で考えてもあり得ないと思うんですが……」

原発の代替案はありますか。火力に頼っている限り、カーボンニュートラル社会の実現はできませんよね。

「火力、プラス地熱でしょうか。日本は必死になって代替手段を考えて手を打つ必要がある。他の国と協業するのか、エネルギーを使わない方向に向かうのか。コスト無限大の原発を他の国も使っているから使う、というのは余りに情けない」

基礎的な語句の意味を押さえておきましょう。

「使用済燃料」は、原発で使い終えたウラン燃料のことです。この中にはプルトニウムが含まれています。再処理をしてプルトニウムを取り出し、ウランと混ぜ合わせたリサイクル燃料が「MOX《モックス》燃料」です。MOX燃料を利用すれば、若干の資源節約ができます。「プルサーマル計画」というのは、MOX燃料を使う計画を指します。

ただ、プルトニウムの熱はウランとはけた違いに温度が高くなるので、原子炉が持たない。そのため、ナトリウムで冷却する高速中性子型増殖炉の「もんじゅ」をずっと使ってきました。日本はこの計画を相当頑張りました。

プルトニウムを原料として使えるようになれば資源としては無限で、わざわざウランを輸入する必要のない夢のエネルギーサイクルだと期待されたのです。けれども、うまくいかなかった。

今、原発のコストが無限大となっているのは、使用済燃料の処分にかかる費用が計算できないからです。

放射性廃棄物の処分では、有名なフィンランドの「オンカロ」があります。フィンランド南西部オルキルオト島に建設中の世界初の高レベル放射性廃棄物最終処分場で、早ければ二〇二四年中に運用が開始されます。

よく聞く「半減期」というのは、放射性物質の量が半分になるまでの時間です。放射性物質が空気に触れたり水に流れたりしても汚染されない状態になるまでには半減期を何度も繰り返さねばならず、莫大な時間がかかります。その間の面倒をいったい誰が見るのか、その費用はどれくらいかかるのか——。

現状では、それは分からないし、正確な予測もできません。

どのような問いを立てるべきか

原発を使い続けることによる無限大の、予測さえできないほどの莫大なコストについて考えることは大変重要ですが、電力は安全保障だという原点に立ち返ると、究極の選択をしなければならない可能性はあります。

これについては、世界中が知恵を絞っています。

最近、ビル・ゲイツが小さな原発を作り、使用期間が終わったら丸ごと地下に埋めてしまうという計画を考えているそうです。原発は巨大なものという固定観念を覆すアイデアです。ただ、実現までには長い時間が必要でしょう。

日本は究極の選択を迫られている

「個人的には、放射能がすごく怖い。処理水の問題も、本当に安全なのかと不安になる。今の日本にはとりあえず原発が必要だというのは、現代人の一種のエゴイズムなんじゃないかと思う」


放射能への恐怖感は、事故のせいで過敏になっている人が多いように感じます。

処理水については、他国の原発、たとえば中国や韓国が海に流しているものより濃度が低い。これは、間違いのない事実です。漁師さんたちが心配して怒っているのは、主に風評被害ですから、その解決は必要です。

ただ、一つの事故で、全部をゼロにするというのは過剰反応です。

残念ながら、一〇〇%安全なものは少ない。滅多にはないことだけど、飛行機は墜落するし、船も沈没する。それでも飛行機や船を二度と使わないという選択はあり得ない。より安全に配慮して使い続けるはずです。

あれだけの大きな悲惨な事故を経験したのですから、日本人の誰一人、事故なんて忘れてどんどん原発使おうぜという推進派はいないでしょう。原発の使用、やむなしだと言っている人たちも、決して、「原発ウェルカム」というわけではない。「究極の選択」を迫られているというのが、今の日本の現状ではないでしょうか。

それぞれが自分で考えることが重要

「二酸化炭素排出量を完全にゼロにする脱炭素は無理だと思いますが、排出炭素を打ち消す技術を発展させることでカーボンニュートラルは実現可能な気がする。お金や人材を、原発ではなくその研究に投じた方がいいんじゃないかと思います」

「私は、電気が足りなくなったら困るので、選択肢を増やしておいた方がよいと思います。火力も使う、原発も使う、その他もなんでも使うけど、脱炭素も目指す。もしもたまに一

時的に安定供給できなくなったときは、みんなで節電すればいい」

ずいぶん多様な意見が出そろってきました。ご自身の考えを、他人に聞いてもらう。互いの意見から、また別のアイデアが浮かぶというよい形の議論ができていると思います。ここで、今回のショートショート「ライムライト」の中で、女性ジャーナリストが言及しようとした三つの現実的なアイデアの種明かしをしましょう。

脱炭素社会実現のための三つのアイデア

一つ目は、原発全稼働です。

カーボンニュートラルを実現するにはそれしかない。驚かれるかもしれませんが、最初に脱炭素社会やカーボンニュートラルを言い始めたスウェーデンのグレタ・トゥーンベリは原発擁護派と取られる発言をしています。

スウェーデンは面白い国で、原発を稼働するかどうかの国民投票をこれまでに二度行っています。その結果、「原発を止める」という結果になったのですが、電気料金の上昇やCO_2排出量の増加を背景に、今も少なからず動いています。理想と現実の違いの分かりやすい例です。

二つ目は、地熱発電の開発に力を注ぐこと。

多くの人は、地熱は実用化までに時間がかかる上に、その過程で失敗も多いと思っているようですが、お金さえかければ開発期間は三分の一から四分の一まで短縮できます。しかも、ポテンシャルは、十分、原発全基に相当する。ただし、国立公園内での開発案件が出てくるので、それを許可するための法整備が必要です。

三つ目は、脱炭素などまったく気にしないで火力を使いまくる。今後、世界は、おそらくこの方向に舵を切るのではないかと思います。

夢の再生エネルギーは存在しない

多くの再生可能エネルギーの最大の弱点は、風まかせ、太陽まかせという点にあります。

東日本大震災が起こった頃に、スペインが太陽光発電ラッシュで話題になっていましたが、その後、ほとんどが破綻してしまったと聞いています。理由は単純で、産業として持続できるほどの安定した電力が供給できなかったからです。

蓄電池は、各国で研究開発が進んでいます。今の主力はリチウム電池です。電気自動車が増えつつあるヨーロッパで需要を伸ばしています。

ただし、リチウムは廃棄処理がすごく難しい。使った後、どこに埋めるのか。それによる土壌汚染の心配はないのか。いずれ、世界はこの問題に立ち向かわなければならなくなるでしょう。

夢のような新しいエネルギーが都合よく出てくるなんてことはありません。現在の状況は、産業構造を背景に様々な試行錯誤の上に、致し方なくこれが今の最善ではないかというところで折り合いをつけたものです。

新しいものには、新しい課題がついてくる。それをクリアするための科学技術が必要になります。

電力の安定供給はコストよりも優先される

もしも再生可能エネルギーだけですべての電力を賄おうとするならば、相当な〝暗い〟生活を強《し》いられます。

具体的には、工場を要する製造業はほぼ継続できない、新幹線も無理、リニアは論外、タワーマンションはどんなに高層階でも階段で上る、冷凍食品は全部禁止、コンビニの二十四時間営業も認めない、テレビは公共放送のNHKだけ、エアコンも使えない、スマホやパソコンは、使うとしてもかなり制限される、あるいは使う人から莫大な税金を徴収する……。

これまでに手にした「便利さ」の多くを諦めて、ロウソクの灯りの中で暮らす覚悟を私たちは持てるでしょうか。

震災後、かなりの節電に耐えられたという実績はありますが、あれは期限付きだったから我慢できたのです。なぜなら、その後、相変わらず社会は電力を使いまくっている。その様子を見る限り、私たちはまったく反省していません。

では、やはり全原発再稼働しか道はないのか。

全ての原発が稼働したとしても供給量は全体の四〇%足らずですが、少なくとも火力による電力が八〇%になっている現状よりは、脱炭素という点ではマシになります。火力は、コストも相当かさみます。円安が進んでいるのもコスト増の一因です。電気料金が値上げになったのは、そのせいもあります。

エネルギーは安全保障なので、安定供給がコストよりも優先されます。

電力会社はかかったコストを電気料金に積みあげることを国から許されています。もちろん政府は社会情勢を見ながら「なるべく値上げをしないように」という要請は出しますが、このまま円安が続くと、電気代が倍になっても驚きではない。そういう点から考えても、火力発電は減らしていくべきだと思います。

福島第一原発事故は人為的なミスが原因

「原発は事故が起きたら取り返しがつかない」という懸念について考えるための参考になりそうなので、小説『シンドローム』の取材で関係者や専門家から聞いた話をお伝えします。

まず、東日本大震災は相当甚大な未曾有《みぞう》の震災でした。あの規模の地震が頻繁に起こるというのは、通常は考えられません。

東日本大震災の福島第一原発の事故の後、東京電力の当時会長だった勝俣恒久氏がつい先走って口に出してしまったせいで顰蹙《ひんしゅく》を買いましたが、異常な天変地異と判断されると民間の電力会社は責任を放棄できるという法律があります。いち早く責任放棄を口にしたせいで東電はずいぶん怒られて、結局は責任を取らざるを得なくなりましたが、とにかく誰もが驚き、混乱するほどの想定外の災害だったのは確かです。

次に、あの事故が東電のミスによるものであるのは間違いありません。震災の被害を甘く見過ぎていました。

ここからの話は私の想像で、さすがに関係者は誰も「その通りだ」と言ってはくれないのですが、おそらく、事故の後に、もう一度使えるようにしておきたかったのだと思います。だから、二十四時間以内ならできたはずの海水の注入をためらった。事故後すぐに海水を入れていたら、爆発を止めることができたはずで、そのためのマニュアルもありました。

誰かが「海水はダメだ、入れるな」と言ったのだと思う。証言の記録は残っていないので真相は分かりませんが、もしも実際にあったのなら、相当な罪を負うべき失態です。ただ、裏を返せば、法律で対応をきちんと決めてしまえば、つまり、こうなったら必ずこうしなさいという強制力のある規定があれば、人為的なミスを無くすことができます。事故が甚大になったり放射能が漏れたりするリスクは抑えられます。

「豚の鼻」の見落としが最後のチャンスを逃した

もうひとつ、あまり一般には知られていない事実があります。

どの発電所も、他から電気をもらう仕組みを設けていません。自分たちで電気を作れるのだから、必要ないわけです。

ところが、原発事故が起きて停電になった。原発は、中の原子炉を常に水で冷やさなければならないのですが、その冷却用機器が運転不能となりました。そのせいで、圧力容器内の水が蒸発し、水位が低下。それに伴い水面から露出した燃料棒と水蒸気が化学反応を起こし、発生した水素が原子炉建屋内に充満し、水素爆発を起こしました。

そうならないように作られていた様々な仕組みのほとんどは停電で動かなくなってしまったのですが、最後の砦《とりで》として緊急時炉心冷却用の非常用復水器がありました。これが正常に動いているかどうかが、最大のポイントだったのです。

事故前後の吉田昌郎《まさお》所長（当時）と東電本店のやり取りの記録が残っていますが、そこで、所長は「動いている」と報告しています。

原子炉が入っている建物の上の方に二つの穴、通称「豚の鼻」があります。そこから勢いよく水蒸気が吹き出ていれば緊急時炉心冷却用の非常用復水器が動いている証拠です。吉田所長は若い社員に見に行かせて、彼の「出ている」という報告をそのまま本店に伝えました。

しかし、これが間違っていた。このとき、非常用復水器は動いていなかった。正常時の水蒸気の勢いを誰も見たことがなかったせいでの痛恨のミスです。

吉田所長が現場に踏みとどまってさまざまな手を打って事故を止めようとした努力は大変すばらしいのですが、この見落としは致命的なミスでした。爆発を止めるための最後のチャンスを逃してしまったのです。

官邸の犯した二つの大きなミス

事故当時は民主党政権で、首相は菅直人氏でした。

事故が起きた直後、菅さんはエネ庁（資源エネルギー庁）や原子力安全・保安院（当時／原子力規制委員会の前身）の意見を無視して、自分の母校である東工大の名簿からめぼしい人物に電話をかけ、官邸に集めアドバイスを受けたそうです。

このとき、原発に関するエキスパートをそばに置けなかったのが、官邸が犯した一つ目のミスです。

二つ目は、これについては裏が取れていないのですが、おそらく事実だろうと思っていることがあります。

事故の初日にアメリカ大使が官邸を訪れています。アメリカ軍は第七艦隊の空母の上で原発を止めるための訓練を終えていたので、事故の収拾に介入させてほしいと申し出たのではないかと思います。

だが、菅氏は断った。当時、民主党は普天間の件でアメリカと対立していたので、ここで借りを作りたくなかったのでしょう。

政府側の最後のチャンスでしたが、それを逃してしまったのです。

あくまで小説家の想像ではありますが、『シンドローム』の中でそういう話を書いて、誰からも「それは違う」と抗議を受けていないという事実を一緒にお伝えしておきます。

当時、原子力には素人の小説家でも止め方を知っているのに――これは『ベイジン』を書いたおかげですが――なぜ止めることができないんだという焦燥に駆られてTwitter（現X）にあれこれ発信していたら、自衛隊のOBを名乗る方から連絡をもらいました。

「自衛隊には原発事故のマニュアルがありましたが、無視されました」

つまり、米軍も自衛隊も必死で事故を止めようと動いていた。それなのに、官邸が判断を誤ってしまった。

ここで大事なのは、異常事態が起きたときに、政府や電力会社が責任をもって正しく動くことができれば事故による被害拡大は止められるということです。

核のゴミをどうするか

最大の問題が「核のゴミ」です。

私自身は、今後、廃炉処理をしていくしかない福島第一原発を核廃棄物の永久保存場所にしてしまうのがベターだと考えています。

また地震が起きたらどうなるんだという不安はありますが、日本国内のどこに作ったとしても、地震のリスクはある。核廃棄物から放射能が漏れださないように、コンクリートで固めて埋めるなど、最善を尽くせばいい。

事故のせいで故郷を失った人たちは本当に気の毒だとは思いますが、放射能に汚染された土地は、二度と元の状態には戻りません。

海外の多くの国の世論は、事故が起きた場所を核のゴミの永久保存場所にできるのだから日本はラッキーだとみています。

けれども、日本国内でこういうことを言い出すと「また福島だけに犠牲を押し付けるのか」と責められてしまう政治的リスクがあるため、実行できずにいるのが現状です。

処分場の問題さえクリアできれば、原発のコストが無限大だということは少なくとも解消できる。課題解決に向けて一歩進むことができます。

「危ないと思った時は止める」勇気

原発事故を防ぐためのリスクヘッジとして、もう一つ付け加えるならば、現場の運転員の、「危ないと思った時は止める」勇気を奨励することです。

『ベイジン』の取材をしていた二〇〇七年頃に、柏崎刈羽原発と泊原発の集中制御室で、お話を伺いました。「怖いと思う瞬間はありませんか」と聞くと、「実は、何度もある」という答えが返ってきました。

昔の原発は、よく事故を起こしていました。特に関西電力管内の加圧水型軽水炉（PWR）の事故では複数の死者が出ています。

ただ、3・11の頃には、長年の学習によって、トラブルがほとんどなくなっていました。だから、現場にいる人たちの中に、「事故になるかもしれない」というアンテナが立つ経験者が少なくなっていた。「これなら大丈夫」「これは危険」ということを経験値から判断できる人が、ほとんどいなくなっていたのです。

原発が、一度止めると再稼働に二か月かかるという性質も、「止める」ことを躊躇《ちゅうちょ》させます。止めた方がいいと思っても、結果的になんでもなかったら叱られてしまう。二か月分の発電ができなくなると発電単価が高くなる。そんな責任は誰だって負いたくありません。

止める勇気をサポートできる明文化された法律があれば、こういったリスクを少しは減らせると思います。

発電できるものは全部やってみる

我々が向き合わなければならないのは、「本当に脱炭素をやりとげる気はあるのか」という命題です。その気があるのなら、火力を全部止めた先の在り方を真剣に考える必要があります。当然、発電できる可能性のある事はすべてやらないといけなくなるでしょう。

たとえば、田んぼの水路で発電する。サッカー場にはサポーターのジャンプで発電する床発電システム（すでに開発済み）を導入する。家に帰ったら、自転車型の発電装置をこいで自家発電する。日本は今、そのような切羽詰まった状況であるという自覚が必要です。

私自身は地熱発電推進派です。地熱発電をもっと盛り上げていきたい。そのために実際に活動を始めています。

震災後に、国会議員の中に超党派の地熱発電普及推進議員連盟ができました。

ここ数年は新型コロナの影響などもあり活動が止まっていたのですが、二〇二三年に再始動し、「マグマ推進プロジェクト」が新たに立ち上がりました。政治家に加えて官僚や業者も巻き込んだ活動が活発になりつつあります。

ベースロード電源の切り札として、ぜひ地熱をプッシュしていきたいと思います。その気持ちが高じて、再び地熱発電をテーマに、書下ろしの小説『ブレイク』を発表する予定です（二〇二三年十二月に出版）。

「超臨界地熱発電」の開発も進みつつある

エネルギー問題を考えるときに重要なのは、新しい発電方法が新たな産業を作れるかどうかです。

たとえば地熱発電では、地の底を実際に見ることができないのがリスクになるわけですが、ナノ技術が発展すれば地中奥深くまで撮影できるカメラの開発も可能です。ただ、現状では、地熱発電が産業としてさほど成長していないために、開発に名乗りを上げる企業が現れない。

となると、ベンチャー頼りではダメです。既存の電力会社や大手企業が本気を出して、そこに商社や銀行が投資をするといった大スクラムを組んで、新しい発電技術をサポートする産業を育てる必要があります。

地熱がらみでは、もう一つトピックがあります。

「超臨界地熱発電技術」と呼ばれるもので、地下三千〜五千メートルの深い地点で「超臨界状態」の熱水、これは液体と気体の区別がつかなくなっている流体という状態なのですが、これを利用して発電する方法です。

どこに高温の流体があるかは、ある程度わかってきました。高温過ぎて熱水を通す管の緩衝材として必要なセメントが溶けてしまうなど課題はまだまだありますが、新たな研究が着実に進んでいることも知識として持っておいてください。

私たちは、何をすべきか

さて、ここからはもう一度、脱炭素社会を目指すための具体的な知恵を結集したいと思います。

「日本人は喉元《のどもと》を過ぎれば忘れる。情報をちゃんと知った上で、自分たちは何を選択するのかを考える必要がある。さらに、考えるだけではダメで、行動する。まずやってみる。やりながら、改良していくのが大事」

「エネルギー問題は一寸先は、何が起こるか分からない。一つずつ試すしかない永遠の戦いだと思う。肝心なのは、失敗した時に必要以上に非難しないこと。どの手段でやるかを言い争うよりも、やってみる。そのチャレンジを妨げないという態度を持ちたい」

エネ庁で原発推進だった人が震災後に地熱推進になりました。彼が言うには、エネ庁の重要な役割は電力の安定供給だから、発電の方法は何でも構わない、と。

原発はしばらく動かせない。ならば、地熱を推進するしかない。

今進めている「マグマ推進プロジェクト」は国会議員の他に、林野庁、環境省、エネ庁の官僚たちが関わっています。おかげで、大変、話が早い。

たとえば、地熱開発のためには国有林を借りなければならないのですが、規定の上限の五年では無理だというと、十年に延ばせるという。やはり、政治が動かないと前には進まないことを実感しています。

多くの人は、発電方法に興味がない

一般の人たちの多くは、発電の方法はどうでもいいと思っています。スイッチを入れたらいつでも電気がつく、それをかなえてくれるなら何で発電しても構わない。自分の命を脅かさないなら、原発にも特に抵抗はない。

福島第一原発事故があぶりだした最大の課題は、東京で使う電力を福島や青森、新潟で作っているという現実でした。遠くから高圧電線で電力を引っ張ってきている。自分たちの身近には一基の原発も存在しない。

事故が起きたときも、「東京じゃなくてよかった」という声がありました。それでも東京はしばらくの間は節電を強いられて、一部地域では計画停電などもありましたが、同じ頃、関西からは「東北の事故で、なんで関電まで節電するんや」なんて他人事《ひとごと》のような発言が聞こえてきました。

残念ながら、これも民度の表れです。

たとえばフィンランドでは、国民全体が、原発の電気を使っている以上、後々の責任まで考えるし、そのための負担も受け入れています。

それが本来は共同体としての当たり前の姿です。

自分たちが食べた後のゴミをどうするか。地面に埋めようか、それとも燃やそうかという話し合いから始まり、コミュニティがだんだん大きくなると、焼却場を作ってまとめてゴミを処理しようとなっていく。共同体の一人ひとりがそれぞれに責任を自覚してこれまでやってきたわけです。

それなのに、現代では、電力に関して、「私は知らない」と言っている。なぜこんなことが起こってしまうのでしょうか。

前々回に取り上げた民主主義の話にも通じるところがあります。

民主主義には自分が選んだ議員がちゃんと仕事をしているかを厳しく問い続ける責任を伴う。それができていないとしたら、政治家だけのせいじゃなく、あなたのせいでもある——。

そういう考え方が、この国では通じにくいのですが、エネルギーの問題もそういう国民性ゆえに建設的な議論が進まないように感じています。

考えたことがないことをやってみる

あるとき、以前取材をした大学教授から突然メールが届きました。

「温暖化対策のいい方法を教えるから、研究室に来ませんか」

彼が言うには、火力発電はいくらでもやればいい。その代わり、発電所の隣に一平方キロメートル程度の植物園を作って、バンバン光合成をさせる。そうすれば酸素が出る。単純な話だろうって。それでも無理なら、植物園をもっと広くすればいい。実際に田んぼが多い地域は温暖化対策に貢献しているというデータがある。森を守るのも温暖化対策になる、と。

まるでマッドサイエンティストみたいな言い草ですが、でも、理屈としては間違ってはいない気がします。

もう一つ、これは冗談みたいな話ですが、CO_2の処理を研究している人たちに、「これを分ければダイヤモンド（C）と酸素（O_2）にならないんですか」と質問したことがあります。

ほとんどの人が「これだから化学を知らない素人は……」とバカにする中、一人だけ「面白いことを考えるね」と言ってくれる人がいました。「そんなこと考えたこともなかった」と。

実現できるかできないかはさておき、これからの日本、いや、世界がやらないといけないのは、これまで考えてもみなかったアイデアも、バカにせずに検討してみる姿勢ではないでしょうか。

既存の発電や既存の生活様式を前提にするから前に進めない。突飛な話だ、現実性がないと切り捨てないで、わずかな可能性であっても追求してみる。全ての画期的な発明は、そこから始まってきたのですから。

「電力を使わない」ための技術革新

発電方法を「なんでもやってみる」と同時に、「電力を使わない」ための技術革新も必要です。

『タングル』という光量子コンピューターの開発がテーマの小説を書く際に、その研究の第一人者である東京大学工学部の古澤明教授に取材を申し込みました。

量子物理学は文系の私の頭では容易には理解できないのですが、できるだけの勉強をして研究室を訪ねたところ、開口一番、「真山さん、勉強してきたことは忘れてください」

と言われました。

そして、彼はこう言いました。「量子コンピューターの最大のポイントは節電です」

日本は今も尚スーパーコンピューターの開発に力を入れていますが、スーパーコンピューターは、一機を動かすために原発一基分の電力を使うそうです。

ところが、光量子コンピューターはそれほどの電力を必要としない。かなりの節電効果がある。つまり、電力を使わないものを新しく作ることで大幅な節電が可能になるのです。

この発想は大変重要です。自動車のメッキなどもそうです。車体に色を着けるためには多量の電力を使うので、鉄のままでいい、色は不要だという製品を作れば節電できます。

さまざまな利便性・用途に応じるために、これまでは無尽蔵に電力を使ってきましたが、これからは「使わない」方向で考える。これも、一つの進化です。

ただし、ここで間違って「省エネ」を目指してはいけない。

というのも、日本はすでに省エネ大国です。省エネ技術は世界屈指のレベルまで来ている。技術的にはすでに限界を迎えています。ここから先は省エネではなく、物や工程自体を革新的に変えるという発想が必要です。

柔軟にトライアンドエラーを重ねる

電力を作る・使うということに対して賢く向き合いたい。そこに、イデオロギーは関係ありません。

住宅の屋根には太陽光パネルをつけて、自分たちの家庭の電力はそれで賄う。水路や山の斜面には風車を立てて、少しでも電力を生み出す。広い土地があれば、それだけ電力は多く作れます。たくさん電気ができて余ったら、売ればいい。

「電力を作る」という視点で考えると、都会で暮らすよりも、土地に余裕のある地方暮らしの方がメリットが大きい。そこに、新しい価値観が生まれれば、移住者が増えて地方活性化につながっていくかもしれない。

こういうドラスティックな変化を起こしていくことを目指したいと思います。

縄文時代に戻ろう、ロウソクで暮らそうという極論ではなく、やるかやらないか、振り切るか振り切らないかの二者択一ではなく、もっと柔軟にトライアンドエラーを重ねていきたい。失敗を恐れずに、どんどん挑戦を続けていけば、その先に、新しい生き方が見えてくるかもしれません。

まずは、十年――。

　これから十年の間に、「我々はエネルギー問題とどう向き合うのか」を、国民全体が一丸となって、また、自分事として、考えていかなければならないと思います。

第五章　正しい戦争とこれからの安全保障

モロトフ・カクテル

若い女性と共に来店された常連の大学教授が、スツールに座るなり言った。

「ジョージ、例の物を」

頼まれていたクラフトビールだ。

二人で、一本でいいという。

「何を飲ませて下さるんですか、教授《せんせい》」

教え子とおぼしき女性は、興味津々だ。

冷やしたグラスに、泡立て過ぎずにビールを注ぎ、二人の間に、ボトルを置いた。

「これ、カクテルなんですか」

瓶のラベルには、“MOLOTOV COCKTAIL”とある。

「『モロトフ・カクテル』を知らないのか」

そう言いながら教授は、乾杯した。

「うわー、柑橘《かんきつ》系なのに、苦いですね」

彼女は、かなり「いける口」のようだ。

「火炎瓶という意味だ」

「過激派が火を付けて投げる、あれですか」

一九三九年、ソ連がフィンランドに「国民が、資本主義に搾取されないよう解放しよう」と無差別爆撃を行ったことがある。フィンランド軍は、越境してきたソ連戦車隊に対して、火炎瓶で応酬した。

モロトフとは、当時のソ連外相で、前述の強弁をした人物だ。

「このビールは過激派のビールなんですか」

「醸造所のオーナーが北欧出身の人だから、ジョークで付けたんだろうね」

「私に飲ませたいと、思われた理由は？」

「戦車に対抗する手段が、火炎瓶だったって、凄い話だと思わないか。これが、強国と軍事力のない国との戦いなんだ」

「ウクライナは、そうではないとおっしゃりたいんですね」

「別に何もおっしゃりたくないよ。だが、君がよく、ウクライナは可哀想で、ロシアは極悪人って言うが、そんな単純な構図なのかって、私は思っているだけだ」

教授の話では、フィンランドは、三か月余り必死で戦ったが、結局、ソ連に国土の一〇%を奪われて停戦したという。

「戦争を長引かせて、多くの国民を死なせ、街を破壊されても、欧米から大量に兵器をもらい戦争を続ける政治家は許せないな」

グラスのビールを一気に飲み干すと、教授は「パパ・ダイキリを頼む」と言った。

【課題】ロシア、中国、北朝鮮と、独自の主張で軍備拡張を進める国が日本を囲む。日本は日本国憲法第九条のもと、戦争しない、軍隊を持たないという姿勢を貫いてきたが、軍を持たずして平和を維持できるのか。今後どのような形で日本の安全保障を実現するべきか。

（太字は受講生たちの事前レポートより一部抜粋）

「攻撃されないだけの抑止力は必要」

「日本が独立国として軍隊を持つことは必然。核武装すべき」

「非武装中立という思想に、敗戦国日本が今後進むべき道の理念や希望があると思いたい」

「軽々しい軍事費増額は避けるべきだ」

「正しい戦争」はあるのか？

毎回恒例の、「前提を疑いましょう」ですが、今回疑う対象はタイトルです。

「正しい戦争」とはいったい何だ？　そんなものが果たしてあるのか？　――今日はこの

問いにすべてが収斂《しゅうれん》していくように思います。

小説家っぽい言い方をすると、戦争はすべて正しく、すべて間違いです。

戦争を仕掛ける側は、自分たちに正しさがあると思っている。仕掛けられた方は、戦争を仕掛けるなんて間違っていると思っています。

「大義」という言葉があります。政治家はこれが好きでよく使いますが、本来は軽々しく使う言葉ではありません。大辞泉（小学館／増補・新装版一九九八年発行）によると第一義として「人として守るべき道義。国家・君主への忠義、親への孝行など」とあります。

大義が問われる最も大きな瞬間は、戦争を始める時です。

その戦争に大義名分はあるのか。

戦争という暴力を正当化するという矛盾を国民に分からせる必要があるからです。戦いに出るのは多くの場合軍人ですが、軍人を支える人たちがいないと戦争なんてできない。広く大義を分かってもらわなければなりません。

その結果、宣戦布告するときには、「我に正義がある」と誰もが思い込んでいます。つまり、戦争を仕掛ける側にとっては、戦争は常に正しいという結論になります。

宣戦布告をすれば「正しい」のか

　戦国時代の戦争は、互いににらみ合う時間を経た後で堰《せき》を切ったように始まることが多かったように思いますが、近代戦になってからは、「宣戦布告」をするかどうかというのがその戦争の正当性を議論する際の重要なファクターとなりました。攻撃をする前に「こういう理由で今から戦争を仕掛ける」と宣言しなければならない、そうじゃない場合は卑怯だと非難される。

　こういう話になると、一九四一年十二月八日未明に日本が行った真珠湾攻撃を思い浮かべる方も多いでしょう。あの時日本は宣戦布告をしなかった。そのせいで、ずいぶん叩かれました。アメリカでは今も「リメンバー・パールハーバー」という声があります。

　ただ、当時の日本を庇《かば》う意図はありませんが、その後の戦争で、宣戦布告から始まったものはほとんどなかったはずです。しかも、その大半はアメリカが始めている。矛盾していると思うのですが、そもそも戦争は矛盾だらけのものなのでしょう。

　太平洋戦争については、とにかく日本が悪いと学校の教科書でも習うわけですが、日本には日本なりの事情がありました。石油が止められてしまったので、自ら石油を取りに行くしかなかったという「大義」が存在します。ただ、そういう事態を招いたのは、日本が欧米列強の言うことをきかなかったからでもあり、どちらがいい悪いではなく、すべての出来事は連鎖しています。

日本側は、当時「大東亜共栄圏」構想を掲げていました。アジアを欧米の植民地から解放して独立させたい。そして、東アジア共同体を作るんだ、と。これ以上、欧米の横暴を許してなるものかという大義自体は立派なものでした。

だからと言って、何をやってもいいわけではない。当時の日本の他国への戦争行為を是としているのではありません。理屈としての話です。

経済制裁という名の「正しさ」の押し付け

一九三〇年代に日本に対して敷かれた経済的圧力「ＡＢＣＤ包囲網」を、ご存じでしょうか。中国や東南アジアに進出しようとする日本に対してアメリカ（Ａ）、英国（Ｂ）、中国（Ｃ）、オランダ（Ｄ）が「好き勝手な侵略は許さない」と形成した事実上の経済制裁封鎖網に、日本側が名付けたものです。

欧米もアジアに植民地をたくさん持っているじゃないかと思うのですが、彼らの言い分は違う。日本の行為は他国への蹂躙《じゅうりん》でありナチの行為と一緒だから許せない。だから経済制裁もするし、戦争も辞さない。「我に正義あり」だ、と。

こういう歴史を振り返ると、戦争に「〝正しい〟はない」ことがよくわかります。

現代においても、ウクライナと戦争を始めたロシアに対して、先進国は同様の経済制裁を行っています。経済制裁は戦争を止めるための有効な手段だと考えられていますが、実際はどうでしょう。

片方の正しさを押し付けて、もう一方の暴走を止めようとしているだけで、ほとんど効果は出ていないのではないでしょうか。

戦争や戦争の周辺を考えるときに、「正しい」という尺度を持ち込む難しさを痛感します。

ウクライナとロシアの戦争を考えてみる

二〇二二年二月に始まったロシアのウクライナへの軍事侵攻は、遠い国に住む私たちにとっても「戦争」の恐怖を身近に感じる事件でした。

まずはこの戦争を題材にして、議論しましょう。

この議論においては、柔軟に頭を働かせてもらいたいので、入口となる「形式（カタ）」

を私が決めます。

この戦争においては、ウクライナは被害者でロシアが加害者、つまり「悪者」であるという論調が一般的です。

そこで、今回は「この構図は間違っている」あるいは「その構図の通りだ」という態度を明らかにしたうえで、「なぜなら、私はこう見るからだ」と続けてください。

もちろん、ここまでに「戦争ではどちらかが正しいとは言えない」という話をしてきましたので、今回も「どちらも正しくはない」という答えでもいいですが、その場合も理由を明確にしてください。

「ロシアが悪で、ウクライナは善だと考えるしかない。なぜなら、ロシアが侵攻したからです」

「私も侵攻した方が悪いと思う。ウクライナが世界中から同情されるほど身ぎれいな国ではないことも情報として知ってはいるが、それでも、独立国に攻め込むのは、間違っている」

「殴りかかったロシアが一番悪いけど、殴り返して乱闘にしてしまったゼレンスキーもど

うかと思う」

なぜロシアは攻め込んだのか

ここで、前提として、なぜロシアが攻め込んだのかという背景について、情報共有しておきたいと思います。

ロシア側の言い分はこうです。

ウクライナの首都キーウ（キエフ）はロシア発祥の地である。ウクライナはソ連邦ができるまでは国家ではなかった。ソ連邦時代に構成共和国になり、その後ソ連が崩壊したときに、他の共和国の独立に乗じて独立し、ウクライナという国ができた。ウクライナ国内にはロシア人地区がたくさん残されていて、彼らが「自分たちはウクライナ人から虐《しいた》げられている。助けてほしい」と訴えてきた。だから、彼らロシア人を救うために動いたんだというのが今回の戦争を仕掛けたロシア側の大義名分です。

ロシアによる「大義」での戦争開始は、今回が三度目です。

一度目はグルジア（現在はジョージアと呼称）との戦争。二〇〇八年の北京オリンピックの開会式の日から始まったこの南オセチア戦争は、別名五日間戦争とも呼ばれるもので、短期間で終わりました。

二度目はクリミア併合（二〇一四年）。これはソチオリンピックの閉会式の日に始めて、一か月弱で終結しました（ソチオリンピック閉会式は二月二十三日、クリミアとの併合条約に署名したのが三月十八日）。

こんなふうにオリンピックと絡めた侵攻、つまり世界がオリンピックで騒いでいる隙をついての戦争が二度続いたので、今回のウクライナ侵攻についても、北京冬季オリンピックの開会式か、期間中にあるのではないかと世界は見ていました。

ところが、閉会式の日も何も起こらなかった。今回は取りやめたのかと思っていたら、二〇二二年二月二十四日、オリンピックの閉会式からパラリンピックが始まるまでの間についにロシアが動きました。

プーチンが追い込まれた可能性

ほとんどの方がご存じないか、もう記憶から消えてしまっているかと思いますが、二〇二一年の夏、一年遅れで開催された東京オリンピックの閉会式直前にウクライナの国境に米軍の精鋭部隊が派遣されたというニュースが出ました。

これは欧米のメディアが流したものですが、明らかにフェイクでした。

しかし、「アメリカがその気になったのか」と思い込んだ人も多かったし、何よりメディアがその方向性を煽《あお》っていた。

今回のウクライナ侵攻は、プーチンとしてはしぶしぶやらざるを得ない状況に追い込まれたのではないかという見方もできます。

とはいえ、どんな事情があったとしても、侵攻はダメです。独立国をいきなり武力で制圧しようとするのは許される行為ではありません。

ただし、今回の侵攻は、プーチンの狙い通りには、まったく進んでいないと思います。

プーチンの思惑外れ

プーチンを庇《かば》う気は全くありません。

彼は、終始変わらず「悪い奴」です。チェチェンでも相当ひどいことをやっている。世界が抗議しても、「国内問題だから」と一切受け付けず、虐殺を続けました。

また、彼の周りには「怪死」が非常に多い。プーチンが権力の階段を昇る際に、邪魔になると目をつけられてしまった人たちは、ジャーナリストや元ＫＧＢ（国家保安委員会）

の人間など相当な人数が殺されています。

私から言わせれば徹頭徹尾「悪」であるプーチンを、日本のメディアは「秋田犬をもらってくれてありがとう」なんて好意的な報道をして喜んでいた時期もありました（二〇一二年）。

プーチンの方も、日本に対しては思惑があります。

エネルギー問題を考える際に少し話題に出ましたが、温暖化でシベリアのツンドラが溶けると、肥沃な土地が現れると言われています。農地としても最高だし、天然ガスやレアアースも潤沢にある。

しかし、ロシアの首都モスクワは、ほぼヨーロッパ側、西側に位置しているので東の端にあるシベリアまでの距離がかなりあります。とてもじゃないけど自国だけでは管理・運営できないので、日本との共同開発に期待をかけているようです。

ロシアと日本の間には交渉カードとして北方領土があります。

数年前に、「半分の二島を返還する」という話が突然盛り上がりました。実効支配はすでにロシアが行っているのですが、それでも、日本と良い関係を築こう、その方が得だとロシア側は思っていたはずです。

ところが、それも、ウクライナ侵攻で吹っ飛びました。

ある日突然、パソコンやスマホのニュース画像にウクライナの子どもたちの血まみれの姿や市民の死体が映っているのを見た日本人は、「ロシアは悪だ」「プーチンは許せない」と一気に態度を硬化させました。

戸惑うプーチン

ロシア国内でも、知識人たちからプーチンへの非難の声が上がっています。

「酷《ひど》いことを始めてしまった」「意味もなく侵攻するなんてあり得ない」などの意見がSNSを中心に拡散されていきました。

プーチンは、さぞ驚いていると思います。

「これまでの二回、つまりグルジアとクリミアの時にはほとんど無視していたくせに、なぜ今回は、突然これほど叩くんだ？」と。

いきなり話が飛ぶようですが、トランプ大統領の当選とブレグジット、この二つの裏にあったフェイクニュースのことはご存じでしょうか。

トランプとヒラリーが大統領選を戦っていた時、あるニュースがまことしやかに流れました。いわく、ヒラリーは少年少女に対して性的乱暴をしているというものです。場所もＳＮＳ上で特定されて、実際にその場所では放火や「真相を確かめる」という男による銃の発砲事件まで起きました。

これは、イギリスにあったケンブリッジ・アナリティカ（二〇一八年に廃業）という選挙コンサルティング会社が、読者の思考をＡＩによって分析した上でミスリードする手法を使って流したフェイクニュースでしたが、どんどん拡散された結果、最終的にトランプが勝ちました。

これに資金を出したのがロシアだったと言われています。それを知ったアメリカは、怒り心頭に発して復讐のチャンスを狙っていました。

ブレグジットの国民投票の際にもケンブリッジ・アナリティカが暗躍したと言われています。

イギリス人の大半は、まさか本当にＥＵから離脱するとは思っていなかったはずです。けれども、結果的にはそうなってしまった。

このときにも、ケンブリッジ・アナリティカの活動に対して、ロシアの富豪がかなりのお金をつぎ込んだそうです。それを知ったイギリスは、ロシアを懲らしめたいと思ったに違いありません。

仕掛けられた代理戦争

そのような背景を知っていたので、ウクライナ国境に米兵が集結しているというニュースを見たとき、「これは煽っているのだろう」と気づきました。

ウクライナという国は、実はヨーロッパでは大変に評判が悪い。

以前、リーマンショックの後に、ある雑誌の取材で東ヨーロッパに行ったことがあります。その時の最大の話題は、東ヨーロッパの未加盟の国々はＥＵに入れるのかどうか、というもので、当時、ウクライナの評判は最悪でした。

「絶対に入れない」というのが多数派でした。もちろん、「ＮＡＴＯにも入れない」。それほど嫌われているのには理由があります。国としての腐敗度が酷く、ネオナチのような存在がいると囁《ささや》かれてもいました。そんなふうに、はっきりと嫌われて持てあまされている国であるにもかかわらず、今回の戦争では欧米はウクライナ側に立ちました。

この流れから考えると、今回のウクライナとロシアの戦争が、欧米によって仕掛けられた代理戦争であるのは間違いないように思います。

なぜゼレンスキーは暗殺されないのか

今回の戦争では、戦争真っただ中の国の大統領であるゼレンスキーが始終オンラインで、あるいは飛行機に飛び乗って出かけて行って、世界中に「もっとお金を、もっと武器を」と要求する姿に驚かされました。

通常は、戦争当事国の大統領は国境近くにいて「こんな侵略を許さない！」と命懸けで拳を上げるものです。

メッセージを出すのは大切ですが、彼の言動はどんどん過激に加速している。暗殺されてもおかしくないほどにオープンに行動しています。

どうしても不思議だったので、「なぜ、ゼレンスキーは暗殺されないのか」とモスクワ事情に詳しい新聞社の特派員に聞いてみました。彼が言うには、「ゼレンスキーは軍を掌握できていない。もしも死んでしまったら、クーデターが起きるかもしれないから死んだら困るのだろう」と。ゼレンスキー自身も、殺されないと分かっているので、今のように飛び回っているのでしょうか。

「じゃあ、プーチンの暗殺の可能性は？」と聞くと、それもおそらくないだろうとのことでした。プーチン政権が長すぎて後継者がいないのでプーチンが今いなくなると影響が大きすぎるからです。経済が崩壊し、昔のようにマフィアが闊歩《かっぽ》する国になってしまうのは避けたいから、今、プーチンを消すわけにはいかないようです。

戦争が起きるとアメリカが儲かる

最も気の毒なのはウクライナの国民です。

「大」と「小」が戦争をする場合、せいぜい一か月が限度です。それ以上は「小」がもたない。なのに、今回は長期戦になってしまっている。

この理由は、アメリカをはじめ各国がお金を提供しているからです。何兆円規模のお金、いや、はっきり言うならば兵器が絶え間なく提供されています。

ひどい話ですが、以前、ニューヨークで投資家を取材した際に「どこかで戦争が起きないかな」と言うのを聞きました。どうしてかと聞くと、「サブプライムローンの収束が見通せず、お金がなかなか戻ってこない。この状態が続くとアメリカ経済がしんどくなりそう。戦争が起きれば、儲かるからね」と平然と言っていたものです。

戦争が起きるとなぜアメリカは儲かるのか。

それは、巨大な倉庫の中に、中古兵器が山のように眠っているからです。「倉庫を空にするために、せめて一か月以上は戦争してほしい」と、彼らは思っています。

今のウクライナは、アメリカにとっては格好の兵器提供の機会です。

実際、株価が上がりました。ドルが跳ね上がって、そのせいで日本は円安になってしまいました。アメリカのウハウハの様子を見て、世界中が動き出しました。最近ではポーランドまでもが兵器の提供を始めています。

「倉庫の中の兵器を全部、処分できるチャンスだ！」と世界中が喜んでいる。ウクライナの戦争は、今や、世界が元気になるための源になっている——。

これは、フェイクニュースではない気がします。

やってはいけないことに手を染めたゼレンスキー

在庫が尽きた後は、新兵器の実験場のようになってきました。見たこともないようなドローンが出てきたりしています。これまで兵器と言えばアメリカ製かヨーロッパ製でしたが、最近ではイラン製のドローンも飛んでいます。

世界中から「ウクライナで試しに使ってみたい」と新型兵器が集まってきている。ゼレンスキーは「もっと、もっと」とお金と武器をねだっている。

国民の暮らしを考えると、そんな状況を許していいわけがありません。もういい加減に戦争を止める必要がある。そのために動かないゼレンスキーを、私は許せないと思っています。

彼を許せない理由はもう一つあります。

ウクライナ国民が戦火を逃れて国外に避難しようとしたとき、とても早い段階から「男はだめだ」と、彼は命じた。つまり、突然「総動員令」を敷いたわけです。

戦争になったのだから仕方ないという見方もありますが、家族とともに逃げようとしている人を捕まえて「戦争に行け、銃を持て」と強制するのは、独裁者です。ゼレンスキーが悪人かどうかはともかく、やってはいけない暴挙を次々にやってしまっているのは事実です。

日本は何をすべきか

さて、ここからは日本がなすべき役割を考えていきましょう。

これは、明確だと思います。

日本にはすべての戦争を否定する平和憲法がある。「戦争をやめましょう」と言い続けるべきです。

もちろん、戦争に荷担する行為をしてはいけない。ＮＡＴＯにお金を出すのもダメ、ロシア大使館の大使館員を突然追放するのもダメ、一方的な経済制裁もダメです。

「戦争をやめよう。我々が仲介します。なぜなら、日本にはアメリカがつくった憲法があり、そこには『平和を守れ』と書いてある」という態度を通すべきでした。それができていたら、世界における日本のプレゼンスは相当上がっていたのではないでしょうか。

だけど、日本はできなかった。アメリカに楯突《たてつ》くことができなかった。

いや、それは理想論で、日本に限らずどの国にもできなかったんじゃないか、と思われるかもしれませんが、インドは現在のところ、どちらの国に対しても中立を守り、経済制裁を行ってはいません。

おそらく、この先どこかのタイミングで、インドは両国に対して「我々が仲介するから、戦争をやめましょう」と立ち上がるのではないでしょうか。

インドは、世界の中で、今、絶妙な位置にいます。アメリカに経済制裁されても困らないほどの国内消費があります。しかも世界に人材を輸出するくらいの優秀な人たちがたくさんいる。

また、インドはイギリスからひどい目に遭わされ続けてきた歴史を持つので、大国のルールをよくわかっていて、懐が深い。

日本がそういう存在になれなかったのは、本当に残念です。

これほど戦争が長引いている理由

始まりは、ロシアが悪かった。独立国への侵攻は、悪です。けれども、途中からウクライナもアメリカやヨーロッパの思惑に乗せられて、長引かせることを選んでしまった。これもまた、悪です。

こうなってしまうと、メディアは動きがとれません。

モスクワ支局にいる記者たちは全員軟禁状態にあると聞きました。自由に外に出してもらえない。通信内容は盗聴されている。下手な記事を書くと「シベリア送りだ」と脅される。

戦争が長引いている理由は、ロシア側にもあります。負けるわけにはいかないという大国としてのメンツがあります。

本来は、膠着《こうちゃく》状態になったときにアメリカが、「もう終わらせたらどうか」と言わなければならないのに、これまでロシアを悪の権化のように非難し続けてきたバイデン政権は「弱腰になった」と非難されるのを恐れています。大統領選挙を控えているので、隙を与えたくはないのでしょう。

おそらくアメリカは、この先も動かない。中国も台湾問題を抱えているので、関わりたくないと思っている。近い将来期待できそうなのは、ヨーロッパの国々が、ロシアからの石油と天然ガスが止まってしまったせいで感じている生活の不安から、「もういい加減に戦争を止めよう」と声を上げる可能性です。

「勝つ」ことよりも「止める」ことが大事

私は戦争が起きた直後からずっと、終始一貫して「戦争を止めよう」と言い続けています。

ある報道番組にコメンテーターとして呼ばれた時にもそう発言したら、「それを勝とうと頑張っているウクライナ国民に向かって言えるのか」とＳＮＳで叩かれました。

ウクライナ国民のためにこそ発言しました。

勝つことが本当に国民のためになるのか。私は違うと思う。戦争を終わらせることだけが、真に国民のためになります。具体的なシナリオを考えると、ロシアが欲しがっている二つの地区のうち一つは差し出さざるを得ないと思います。ただ、それでは「侵攻したものの勝手が通るのか」という話になってしまう。それをどう解決するか。ロシアがその代償としてお金を払うという手もあります。中立地帯にするという解決方法もありますが、紛争の火種を残してしまうかもしれません。

それでも、とにかく、終わらせる方向に向かっていくべきです。

小国と大国の戦争は、どう考えても小国が不利です。その差を解消して解決に導くために国際連盟や国際連合があるのですが、常任理事国に大国がいるのでなかなかうまくいかない。

不条理のかたまりではありますが、「国民のために涙を呑む」という覚悟が、必要かもしれません。国益は我慢する。また、メンツも捨てる。「国民の命を守る」ということを第一義にすべきだと思います。

世界の中の日本の位置を知る

日本人が見慣れている世界地図では、真ん中に日本列島があります。左側に北朝鮮と大韓民国、北側にロシア、ほぼ西側に中国、東側は太平洋を挟んでアメリカです。

つまり、戦争大好きで自国の利益しか考えていない国に囲まれた場所に、日本は位置している。南側以外は、最悪の場所です。

しかし、私たち日本人には、これまで全く危機感がなかった。

なぜなら、東のアメリカが「安全保障に関しては、全部面倒を見てあげる」と言ったからです。なんてありがたい話だ、よい隣人だ、と思うのは間違いで、かつてアメリカが日本にとって〝良い〟国だったことは一度もありません。

アメリカは、もう二度と真珠湾攻撃のような彼らにとっての蛮行を起こさせたくない。だから「日本人は武器を持たなくてもいい」「我々が守るから」と言い続けてきただけです。

また、アメリカにとって都合がいいことに、日本の位置はロシアににらみが利く。中国の動きを牽制《けんせい》する絶好の場所でもあります。

アメリカの西海岸から戦闘機を飛ばすよりも、太平洋上から空母で戦闘機を飛ばすよりも、日本列島から飛ばす方が、はるかに効率が良い。そういう理由から、アメリカは日本を大事にしてきました。

八方美人になるしかなかった日本

日本から少し南側に下りた西側に台湾があります。この台湾をめぐってアメリカと中国が鍔迫《つばぜ》り合いをしています。アメリカと中国はたびたび揉めているので、日本は静観の姿勢を取ってきました。

しかし、太平洋のど真ん中で日本の左右、東西にある大国二つが衝突してしまうと日本に影響がないわけはありません。

私たちは、普段はこんなふうに世界を見る習慣を持ちません。

対北朝鮮、対アメリカ、対中国という二国間のことを考えることはあっても、世界の中での日本の位置をそれほど意識してはこなかった。しかし、これからは、そういうわけにはいきません。アメリカと中国が戦争をしたら、確実に巻き込まれます。

日本の外交は二流だ、三流だと言われていますが、こんな微妙な位置に国がある以上、どの国に対しても「世界で好きなのはあなただけだよ」と言わんばかりの八方美人になるしかなかったのです。敗戦後は軍も持たせてもらえなかった身ですから、それに拍車がかかりました。

今、日本は試されています。「さあ、日本の態度は？」と。

経済大国である日本に戦争を仕掛けてくる国は、基本的にはありません。

ただし、日本の経済力なんて屁とも思っていない国がある。北朝鮮です。彼らは国際経済と繋がっていないので、日本がどうなろうと知ったことじゃない。だから、頻繁にミサイルを飛ばしてくる。

本当の狙いは日本ではなくアメリカでしょう。最終的には太平洋を越えてアメリカを撃ちたいのですが、まずは日本まで飛ばせるかを試しています。

敵基地攻撃能力が必要な理由

今、新潮社の「フォーサイト」というウェブメディアに「オペレーションF《フォース》」という小説を連載しています。テーマは日本の安全保障です。

この中で、北朝鮮のミサイルが精度の低さゆえに、狙ったわけではないのに間違って日本の本土に落ちてしまったら、日本はどう対応するのかという問題提起をしています。

日本海にはイージス艦が何艦か並んでいて、大陸間弾道ミサイルが飛んで来たら撃ち落とす能力は持っています。ですが、本当に一〇〇％落とせるのか。

これが、実は相当、危うい。というのも、上から落ちてくる弾には九・八Gの重力がかかっているので、これを撃ち落とすのはほぼ不可能に近い。弾を確実に抑え込むには、打ち上げる瞬間でないと難しいそうです。

敵基地攻撃能力が必要な理由はそこにあります。打ち上げられて、日本の本土に万が一落ちてしまったら大変なことになるから、その前に攻撃する必要がある。単なる先制攻撃ではない。その説明が国民に対していまだに丁寧になされていないのが不思議です。

小説ではそうした状況下で、日本は自国をどう守るのか、そのために必要な財源をどう確保するのかを、様々な視点から考えています。

日本は戦争に巻き込まれてしまうのか

ここでまた皆さんの意見を伺いたい。今後、日本は戦争に巻き込まれると思いますか。

「中国が台湾に侵攻するとしたら、まず沖縄の米軍基地を叩くでしょうから、否応なく日

本は巻き込まれます。ただし、本当に中国は台湾に武力侵攻するのか、私は懐疑的です。中国は自分たちから仕掛ける戦争をほとんどやらない。ましてや日本本土を狙って攻撃をすることは考えられない。アメリカが出てきたら世界戦争になってしまう。中国はそれほどバカじゃない」

「私は、習近平の頭の中は全く読めなくて怖いです。独裁者ですから、台湾を取るとなったら取りに来ると思います。その時のために日本ができるのは、やはり抑止力を持つことしかない」

アメリカの台湾への軍事支援

中国と台湾の関係、仕組みについても皆さんと認識を一致させておいた方がよさそうです。

まず、現実的に国際法上は、国連が認めている中国を代表する国家は中華人民共和国です。常任理事国でもあります。日本が国交を回復したり、キッシンジャーやニクソンが中国を訪問したりした時に、世界はそう決めました。あの段階で、台湾は世界から切られ、「台湾は中国のものだ」というのが暗黙知となりました。オリンピックでも、台湾を紹介する際は「チャイニーズ・タイペイ」と呼んでいます。台湾は中国の一地域という認識です。

アメリカが本気で台湾の独立を支持するのなら、国連で中華民国の国連加盟を認めるところから始めなければならない。それができないうちは、中国が台湾を攻撃したとしても、アメリカがそこに手を出すのは内政干渉です。

ところが、アメリカは「台湾に何か起こった場合は、守るために攻撃をしてもいい」という法律をつくりました。

こんなことは、本来ありえません。他の国の問題に外国が口だけでなく手も出すなんてことは許されません。

けれども、アメリカは台湾への軍事支援を継続しています。

これは、たとえば日本の自衛隊に、ロシアが「一兆円出す」と言っているようなもので、どう考えてもおかしな話です。なのに、ずっとグレーゾーンのまま、まかり通っています。

台湾をめぐる鞘当てがホットな理由

なぜ、台湾がこれほどホットなのか。

理由はいくつか考えられますが、第一は、中国の軍備拡大です。十年ほど前なら、中国軍とアメリカ軍の総力差は歴然としていました。

それが、装備的には拮抗《きっこう》、あるいは一部では中国軍は、アメリカ軍を凌駕《りょうが》し始めた。

実際は、まだ実戦力で差がありますが、アメリカはこの軍拡に脅威を抱いています。

中でも、中国のサイバー攻撃は、アメリカ軍が対応できないような〝武器〟だという指摘もあります。

また、両国は、太平洋を挟んで強い思惑があります。アメリカは、自国の安全のために、日本列島や台湾より西側で、中国軍を封じ込めておきたい。

一方中国は、中国が勢力圏を確保するために海洋上に設定した軍事的防衛ラインである「第一列島線」の死守を明確に打ち出しています。

具体的には、九州を起点に、沖縄、台湾、フィリピン、ボルネオ島に至るラインです。

そのラインは、アメリカが封じ込めたいと考えている防衛線を越えています。

そのため、アメリカは神経質になり、台湾への干渉を積極化し始めました。

それを、中国は第一列島線を侵す行為と看做《みな》しています。

さらに、経済的に重要な理由もあります。

それは、世界トップの半導体メーカーＴＳＭＣ（台湾セミコンダクター・マニュファクチャリング・カンパニー）があるからです。

ＴＳＭＣは、二ナノメートルの半導体を安定的に供給できる世界で唯一の会社です。この技術がないと、まずスマホが作れません。アメリカの先端のＡＩを搭載した兵器も使えなくなります。日本の熊本やアメリカのフェニックスにも工場が進出していますが、そこでつくられるのは三世代くらい古いもので、最先端の技術は台湾から外へは一歩も出しません。

先日、「ハゲタカ」シリーズの最新作『チップス』のための取材で台湾を訪れ、現地の人たちからいろんな話を聞いてきました。

台湾の人たちは口をそろえてこう言います。「中国が攻めてきても大丈夫。アメリカが守ってくれるから」。本気でそう信じているようでした。

彼らが断言する理由は、ＴＳＭＣがあるからです。ＴＳＭＣを守るために、アメリカが戦ってくれる。

だからこそ、中国も苛立《いらだ》っているわけです。こんなに大事な技術をアメリカに持っていかせるわけにはいかない。これまで台湾に対しては、相当な自由を与えてきたけれど、そろそろ堪忍袋の緒が切れそうになっています。

焦る習近平

ところが、アメリカと中国は、案外うまくやっています。メディアで米中の仲の悪さが喧伝されていますが、実際はそうでもない。双方とも、見えるところではケンカをしていても、テーブルの下で手を握り合うという腹芸ができる大人の国です。だから、台湾が独立国になる目はおそらくないでしょう。

このように考えると、本来なら台湾有事は起きないはずです。
ただし、習近平の頭の中はわかりません。ものすごく焦っているような様子が、最近、見受けられます。

主な理由は、疫病や災害の多さでしょう。新型コロナウィルスが発生し、その対応に追われました。中国では古代より、疫病や災害は皇帝のせいです。ひどい天災、巨大地震や嵐、洪水が襲って来たら、盤石に見える習近平政権も潰れてしまうかもしれません。かつ経済も不安定。こういう時に、得てしてトップは戦争を始めます。

ここからは、小説家の頭の中で考えた「起こり得そうだけど起こって欲しくない」妄想ですが、戦略として最も有効なのは、ぶっちぎりで世界トップのＴＳＭＣを潰してしまうことです。そうすれば、二位以下は団子状態なので、中国にもアメリカにも芽が出る可能性が等しくあります。

　中国の最新戦闘機が独断で基地を飛び立ち、ＴＳＭＣの最先端工場を爆撃、破壊すれば、一時間以内に決着がつく。こんな暴挙を本当にやるとは思いたくはないのですが、焦りがその決心をさせるかもしれません。

戦争は、偶発的に起こる

　もう一つリスクがあります。

　中国の軍隊は、厳密に言うと中国軍ではなく共産党軍です。軍隊の統制システムというのは、これは関東軍でもそうでしたが、時折、将校が暴走します。何かの戦略で失敗したときなどに、それを取り返すために「目立つことをして英雄になりたい」と思った空軍の司令官が、「爆弾一発を工場に落としてこい」と命じる可能性はゼロではありません。

　戦争は、筋道立てて考えたうえで「やるぞ」となるケースは意外に少なくて、なんとなく偶発的に起こる場合が多いものです。

日本の場合は、北朝鮮から飛んできたミサイルが間違って新潟に落ちたとしても、戦争にはならないでしょう。他の国なら絶対に戦争になるところですが、日本はその道を選ばない。

世界中から、「国を守るために自衛隊があるのに、ミサイルをぶち込まれても迎撃しないのか」と非難を受けたとしても、今の政権は、絶対に戦争を始めないと思います。そんなこと、怖くてできない。

戦争というのは、簡単に始められるものではありません。

一方、落とすつもりがなかったミサイルが落ちたり、誰かが鉄道を爆破して多数の人が死んだりしたことで、あっさり戦争が始まることもある。歴史はそれを示しています。

「自分の国は自分で守ってくれ」

私が関係者に直接取材したところ、二〇二三年の一月に、アメリカの軍事トップと日本の軍事トップ、つまり国防長官や防衛大臣、統幕のトップなどを含めた話し合いがあり、日本はアメリカからこんな通達を受けたそうです。

「台湾に何かあったときは、アメリカ軍は対中攻撃に集中する。だから、沖縄については自分たちで守ってくれ」

これを受けて、防衛費を突然GDPの二％まで増額するという話が明確に現実味を帯びてきました。

つまり、日本はアメリカから、突然「自分の国は自分で守ってくれ」「沖縄を攻められた時は、自分たちで戦え」と言われたのです。

沖縄を中国軍が攻撃する可能性は低いに近いと思いますが、流れ弾が飛んでくる恐れはあります。それによって被害が出たとしたら、アメリカ軍が退場した後は、日本は自ら守りに出て行くしかありません。

集団的自衛権（「自国と密接な関係にある外国に対する武力攻撃を、自国が直接攻撃されていないにもかかわらず、実力をもって阻止する権利」）に関する法律が、ここで効いてくる。やりたくもない戦争に巻き込まれる確率が、一気に上がりました。そういう状況を受けて、岸田総理は、防衛費を増額するしかないと言い出したわけです。

防衛費をどう捻出するのか

みなさんの意見も、多くの方が「最低限の軍備は必要」というものでした。日本と戦争をするのは損だ、少なくとも流れ弾を飛ばさない努力をしようと思わせる程度の軍事力をつけておかないと、いつ心ならずも戦争に巻き込まれてしまうかわからない。そういう状況に、今はあると思います。

となると、そのお金をどこから持ってくるのかが最も重要な課題です。

防衛費をGDPの二%に増額という数字は通ったものの、現実問題、それでは全く足りない。増税でも何でもして、もっとたくさんのお金をつくり出して防衛費を増やすのか、あるいは、別の方法、防衛力は現状のまま、世界に影響を与えるほどの経済大国なんだから戦争を仕掛けるのは世界にとって損失だというキャンペーンを張るのか。

どうすれば戦争を避けられるのかを本気で考える必要があります。

「私たちは戦争をしません」と宣言だけをして、軍隊を持たずにいるというのはさすがに能天気すぎる。

平和を守るためには、それ相応のお金が必要です。

じゃあ、それをどう捻出するのか。一時的ではなく、今後、恒常的に安全保障に対してお金を投下し続けるために、私たちは何をしなければいけないのか。

これが次の議論のテーマです。

増税か国債か、あるいは？

「借金して増やすという政党を選ぶのか、増税によって増やすという政党を選ぶのかという問題だと思います」

「借金の規模が、日本はＧＤＰに対してすごく大きいのが気になっています」

　二〇二三年三月末時点で、千二百七十兆円を超える額の借金を抱えています。

　日本は国債を返すために国債を発行するという、普通の企業なら潰れてしまうような自転車操業をやっているのに加えて、日本国債に対する中国の買い取り額の比率が上がっているというデータがあります。モルガン・スタンレーとゴールドマン・サックスも日本企業の支店としてではありますが結構買っている。外国に国債をたくさん持たれてしまうのは大変困ります。

「国債で増やすのは、そろそろ危険だと私は思っています。また、何のために軍備増強が必要なのかについて国民自身が納得しないと話が進まないと思う」

「この二択しかない。
一つは、消費税を三〇%に上げる。もう一つは、社会保障を切る。苦しくなるけど、戦争するよりはマシでしょう」

どこまで増税できるか

国債については、そもそも赤字国債は違法であるという認識が必要です。財政法の中にそう明記されています。唯一許されているのは建設国債のみ。それなのに、なぜ赤字国債が発行され続けているのかというと、年度末の会計時に「ＯＫ」という可決を毎年しているからです。

致し方なく国債を発行しないといけない場面もあるとは思いますが、もう少し国のお金の流れについて、シビアに考えなければならないと思います。

そして、健全に、かつ確実に税金を取っていくことが最も大事だと思います。

言葉の響きの印象が悪いのですが、「人頭税」は最も効率的な税収増の手段だと財務省の官僚が言っていました。一人当たり千円で、一億人として一千億円。これでは少ないので、ひと月千円くらいとりたい。サブスクを一つ解約して、その分を税金にと説得するのはどうでしょう。

実際には、復興税のように所得から数パーセント抜く方法に落ち着きそうな感じですが。国が増税に対して弱気なのは、法人や個人の金持ちが海外に出て行ってしまう事態を恐れているからです。

また、選挙に負けるから増税はできないという政治家があまりにも多い。そういう方は政治家を辞めるべきです。

本来政治家は、耳に痛いことであっても、国家のためにと踏ん張って、モノ申す存在でなければならない。そして、そういう政治家を応援するのが、よき有権者です。

「国を守る」ためにという世論を盛り上げる

付け焼刃的な増税では続かない。自分たちで国を守るんだという世論の形成が重要です。日本には、国を守るということについて堂々と議論する場がほとんどありません。だからと言って、誰も、何も考えていないわけではない。学生などに、日本の未来について真剣に話を持ち掛けると、「このままじゃヤバいと思っている」という反応が返ってきます。

このまま何もしないでも幸せに平和に暮らせるとは、今の若者たちは思っていない。だけど、自分たちには今はまだ力がないから、どうすればいいかわからない。

一方、大人たちは「なんとかしなきゃいけないよね」と言いながら、何も動かない。当然何も変わりません。

「国を守る、つまり平和を維持し、自由にモノが言える社会であり続ける。そのためにみんなが税金を払う。そういう国にするのが政治の責任だと思う」

「増税反対派です。経済成長でＧＤＰを増やして、そこから防衛費をだすことが健全だと思います」

確かに、経済成長という手もあります。ただ、大きな成長が望める産業があるかどうかという問題があります。

「今の日本はインバウンドにすっかり頼っていますよね」

インバウンドもどんどん伸ばせばいいと思いますが、コロナの際に痛感したように、観光は水ものです。感染症が出たら、終わってしまう。インバウンド頼りではなく、巨大な産業を国内できっちり育てていけるかどうかが重要です。

防衛省も「身を切る」ことが必要

経済成長が効果として現れるまでには、時間がかかります。それまでのお金をどうするのか。

今が消費税を上げるタイミングじゃないかと思うのですが、ただ、消費税は社会保障にしか使ってはいけないという決まりがあります。防衛費に回すためには、法律から変えなくてはならない。これには相当な手間がかかります。

けれども、国を守るために税金を払うという発想に反対する人など、いるでしょうか。こういう時こそ、ＳＮＳをうまく使えないものかと思います。

連載中の小説「オペレーションＦ」では、北朝鮮のミサイルが本土に落ちそうになったという設定をつくり、そのおかげで世論が「防衛のための増税ＯＫ」になったという展開にしたのですが、命の危険を感じないと国を守るために税金を払おうという気になれないというのは、正直情けない。日本人がそれほど愚かな国民だとは思いたくありません。

ただ、国や防衛省も、国民に「お金をください」と言うからには、自分たちも身を切らなければならないのは当然です。まず自分たちの無駄を削るべきでしょう。

防衛省も本気だぞと思わせてほしい。

「ここまでやっても足りないから、助けてほしい」というのが、交渉のイロハです。

日本人は「戦争が起こる」とは思っていない

「せっかく防衛省が身を切ってお金を作っても、そのお金を福祉に回せと言いかねないのが今の日本のような気がします」


ミサイル一発分の予算で保育園がいくつ作れるというような話はよく言われます。保育園や子どもというキーワードが出てくると、みんな黙り込んでしまう。

しかし、政治家は、「国が攻撃されたら保育園どころじゃなくなる」とちゃんと言うべきです。

なぜこんなにも防衛費に対する国民の関心が低いかというと、結局は誰も戦争が起こるとは思っていないからです。

「安全はタダ」の日本で育ってきた世代が大半を占める今、危機感が驚くほど希薄になっています。

「目を覚まさせるためには、もう一度ペリーが来るしかない？」

「あるいは、戦争に巻き込まれるか……」

毎年、八月十五日は、戦争について考える日にすべきです。

戦争を二度と起こさないという誓いや戦争で亡くなった人への慰霊は当然やるべきですが、それと同時に、これから先、日本が戦争をしないためにはどうすべきかを真剣に考えることが重要です。

さらに言えば、十二月八日はもっと重要です。

「どうして戦争を始めてしまったんだろう」と日本国民がみんなで考える日にしたいものです。

日本国民は、敗戦を自分事として反省していない

少し話がそれますが、八月十五日の最大の反省は「なぜ十五日まで、敗戦を受け入れずに引っ張ってしまったのか」という点にあります。

もちろん理由があります。ドイツが陥落した時から、日本はいろんな方法で終戦交渉をしたのですが、アメリカは認めませんでした。新しく開発した原爆を、落としたかったからだと、私は考えています。

だから、戦争の決着はついていたのに、終戦させてもらえなかったというふがいなさを反省する日にしなければいけないのですが、アメリカに気を遣ってできずにいます。八月六日と九日の原爆記念日に慰霊をして、平和を誓っても、「原爆を落とした国に、説明を求めよう」とはならない。まだまだタブーだらけです。

東条英機が戦争を起こしたと思っている日本人は多いのですが、東条英機を戦争へと煽ったのは当時の日本国民です。

最近の研究で、昭和天皇が「東条が唯一の陸軍を抑え得る人間と思って内閣を作らした」と言った記録が見つかっています。東条なら戦争を止めてくれると信じていたのでしょう。

ところが、世論の盛り上がりを抑え切れず、「ここまで来たら、もう止まらない」とばかりに、「勝てない」とわかっていた戦争に突入してしまったのです。

けれども、敗戦後、日本は戦争を国民のせいにしなかった。

「民間人は悪くない」「悪いのは軍人だ」という片のつけ方をしてしまいました。

今、国民の関心が戦争に向かないのは、そのせいが大きいように思います。敗戦の時に、しっかり自分事として反省をしなかったことが、今の無関心に繋がっているように思えてなりません。

日本に巣くう「それは自分とは関係ない」

今回のテーマである安全保障に関しても、多くの国民は「自分たちは関係ない」と思っている気がしてなりません。

だから、国を守るための財源として消費税を上げる議論が始まると、「貧困で困っている人がたくさんいるのに」「生活保護の人をこれ以上苦しめるのか」などとヒステリックな声が上がります。

国を守るために消費税を上げます。本当に困っている人たちの生活は、国が守ります。

これほどシンプルな話が理解されないのはなぜでしょうか。

「日本人は、困った時には神風が吹いて、なんとかなるという意識が根付いている」

前回のエネルギーの話もそうですが、日本人にとって電気はあって当たり前。水も同じ。これだけ清潔な国ですから公衆衛生も問題ない。よほどのことがない限り、深刻な事態にはならないという刷り込みがあります。

翻って、それはなぜか？　と考えれば、誰かが守ってくれているからです。多くの場合、過酷な労働をして公務員が守ってくれている。

国家は、国民の命を守って、国益をふやすためにあります。税金は、その手間賃です。私たちは日本列島という大きなマンションに住んでいて、気持ちよく暮らすための共益費として税金を支払っている。共益費が足りなくて壁の塗り替えができないとなったら、臨時の支払いも必要だし、共益費を増額することも考えなければならない。

そういう理屈なら納得できるのに、「外国から攻撃されたときに困らないように、防衛のための税金を上げます」という話になると「これ以上のお金は出せない」と頑なになってしまうおかしさに気づいて欲しいと思います。

子どもを巻き込んで議論する

私は、いっそ、子どもたちにこの問題を議論させたらどうかと思います。

増税した方がいいと思う子どもたちが、国に対して、「お願いですから、増税してください。僕たちのために」と作文を書くかもしれません。そんな子どもの声を聞いたら、まず、周りの老人たちが動き出すでしょう。おじいさん、おばあさんが孫のために「年金を提供する」と言い出すかもしれない。無い人から搾り取ろうというのではありません。余裕のある人が出せばいい。

「孫のためなら私も出します。消費税も上げてもらって構わない。ただ、本当に必要なことに使っていない感じが、イヤなんです」

結局は民主主義の問題に行きつくのかもしれません。お金の使い方が信用できない政治家は選挙で落とせばいい。布マスクを配った総理も、落とすべきでした。選挙区である地元が「恥ずかしい」「もうやめた方がいい」と言ってやればよかった。それを言い出せないというところに根本的な問題があります。

おそらく、日本はずっと「なあなあ」で来てしまった。安全保障も「なあなあ」、平和も「なあなあ」、政治も「なあなあ」。なんとなく適当にやってきたことのつけが、今、回ってきました。

結局は、民度の問題、なのか

日本を始めアジアの国々で、民主主義が上手く機能していないのは、ヨーロッパのように国民が自らの手で王様から奪った権利ではなく、植民地支配の後に上から降ってきたものだからです。

そのせいで、いまだに「お上の言うことを聞いていればいい」という姿勢が抜けない。税金の使い道に目を光らせようともしない。

ただ、こういう状況を「日本人は民度が低いからしょうがない」と受け入れてしまうのは情けない話です。床屋談義のような政治批判ではなく、「こういう議員を選んだのは私たちの責任だ」という強い自覚を持ちたいものです。

「国を守る」ための健全な議論を

そろそろまとめに入っていきましょう。

日本は、戦争をする国になる必要はありません。けれども、国を守るためのお金は必要です。

国民全体で考えるべき問題だと思うのですが、話題に出すだけで右翼思想だと言われてしまう。しかし、自分の国を守るという話は、中国が嫌いとか北朝鮮が嫌いという話とは全く次元の違うものです。

自分たちの国は自分たちで守る。

自分の家を守ろうと思ったら、鍵をかける。窓は二重ガラスにして、お金を払ってセコムを入れ、念のため玄関に金属バットを置いておく。そんなのは当然のことなのに、この国は鍵も閉めず、攻撃できるものも持たず、「金庫はここにあります」と張り紙がしてあるようなレベルのセキュリティの無さです。それは、さすがにマズイと思う。

国を守るという発想をもう少しみんなが持つ必要があります。

振り返って思うのは、太平洋戦争をしっかり総括しなかったことが尾を引いている。愛国心や、日本の国を守るために最低限の安全保障を考えようという動きに対して反射的に「軍国主義だ」と声が上がる風潮があるのが残念です。「国を守る」ということに対して、もう少し健全に向き合わない限り、いつまでも実のある議論ができないままです。

このまま放置し続けると「国を失うことになる」可能性だってある。それぐらいの覚悟を持って欲しいものです。

第六章　未来への指針

ジン・トニック

私は、ジョージ、ひとときの静穏をご提供するバーの主《あるじ》。

久しぶりに来店したその人物は、著名な投資家だった。いつになく表情が冴えない。

「ラガヴーリンを、ロックで」

お気に入りのシングルモルトをカウンターに置いても、暫《しばら》くぼんやりとグラスを眺めている。

「お疲れですか」

「心身共に。この国は、どうなっちゃったんだろうねえ。誰もが現実から眼を逸《そ》らし、他人《ひと》の悪口ばかり言って、何も行動しなくなった」

それは今に始まったことではないし、そんなことは、この方は重々承知のはずだ。

「このまま沈んでいきますか」

そこでようやくグラスを手にする。暫くグラスの中の氷を転がした後、流れるような手つきで琥《こ》珀《はく》色の酒を、口元に運ぶ。

「我々年寄りは、それもいい。でも、若者は、首根っこ掴んで大海に放り投げたい。

やりたいことをやれ！　それが、見つからないなら、必死でもがきあがき、自分の中に眠る力を探れ！　そう言ってやりたいんだけどね」

それを自ら実践してきたのが、この方だ。

「まっ、こういうものは、他人に言われてやるもんじゃないんで、私は、我が道を行くことにするよ」

年長者が若者に伝えたいことは、背中で語る――。かつて、そう仰《おっしゃ》ったのを思い出す。

「暫く旅に出ることにした」

「どちらに？」

「台湾……。今までにやったことのない大博打《おおばくち》を打とうかと思ってね」

餞別《せんべつ》に一杯ご馳走させてほしいと言うと、「嬉しいね」と顔がほころんだ。

私は、タンブラーに二人分の「ジン・トニック」をつくった。

「ご武運を」

【課題】これまでの講義、ディスカッションを基に、どうすれば日本の未来が明るいものに変わるのか。日本の未来を語るうえで避けられない問題を見定めると共に、それらをどのように解決し、明るい未来を切り拓くか、想像力を持って具体策を考えてみてください。

（太字は受講生たちの事前レポートより一部抜粋）

「少子化は避けられない現実なので、住みやすいところ、安全なところに移住するなど、より小さな国として国家財政を運用する」

「①寄付文化の定着、②働き方を変える、③学び続けることが必要である」

「日本を元気にするには、若者を元気にすること」

「東京に機能が集中しているのを見直し、各地方が自立した特色をもった経営をし、その特色を最大限に生かすように国との役割分担がなされる必要がある」

「未来に向かう人への応援を行うこと」

日本の未来は暗いのか

最終講義も「前提を疑おう」から始めます。

課題文に、どうすれば日本の未来は明るくなるかとありますが、今のままでは日本の未来は暗いのでしょうか。

おそらく、「暗い」と答える人が多いと予想されますが、そのメイン層は現役世代、就職してから十年以上経つ人たちではないでしょうか。つまり、ざっくり言うと「大人世代」です。

大人たちにとって未来が暗いのであれば、逆に、若者にはチャンスになると私は思います。今の社会の仕組みのままでは、もうこれ以上未来がないのであれば、一度全部壊して、新しい荒野を切り拓いていけばいい。それができるパワーを持つ若者にとっては、チャンスになります。

そういう話を、本来、大人は若者に対してすべきなのに、「あれはもう無理だ」「これはやめた方がいい」「こんなことになって困った、困った」と後ろ向きの発言ばかりしてしまっている。そんな大人たちのふがいなさが若者の希望をつぶしてしまっているのかもしれません。

今回は、未来を実際に担う人たちにとってプラスになるような議論をしていきましょう。

解決できないことは〝捨てる〟手もある

日本の未来には課題が山積みで、解決する手立てが見つからないと嘆く声の高まりを感じます。

すべてに真正面から立ち向かうばかりではなく、解決が難しいものについては、いったん手を放す、つまり捨ててしまうという選択肢を持っておくべきだと私は思います。

解決できないことを、がんばって何とかしようとするのは大変な労力や時間を必要とします。社会や政治、国家の構造は、そう簡単に変えることはできません。百年単位の時間がかかるかもしれない。

「捨ててしまおう」という声が出てくるのは、ある意味健全です。

とんでもない不幸に繫がりそうな深刻な問題が目の前にあり、そこに飲み込まれてしまう寸前だというとき、真正面から戦う以外の選択肢を探し、うまく避ける方法やすり抜ける隙間を見つけようとする発想が、案外大事な場合があります。

「正しい」の認識が変わったか？

今日が「正しいを疑う」がテーマの六回の講義の最終回です。

議論に入る前に、みなさんの中の「正しい」の認識に半年間で何かしらの変化があったのかどうかを教えてください。

「表面上は正しいように感じられても、そのベースが間違っている場合があると考えるようになりました」

「全然意見が違う人の考えもある程度聞く耳を持たないと視野が狭くなると気づきました」

「『根拠がよくわからない』という疑いを持つことを学びました」

「世の中で『これが正しい』と言われているものに対して一度立ち止まって考え直すことは必要だと思いました」

「三点あります。他者の意見をちゃんと聞いて、固定観念を持たないこと。日々感性を研ぎ澄まして、変化に敏感になること。それから、たくさん小説を読んで多様な視点を持つことを心がけていきたい」

「突き詰めて考える際にはベースとなる知識や経験が必要だと思いました」

「メディアの主張に引っ張られて、無意識に固定観念を受け入れていることに気づいた」

「正しさ」に「正しさ」をぶつけてもうまくいかない

「正しいを疑う」という態度が持てているかどうかを改めて考えていただいたのには、理由があります。

今日は、未来について考えます。

当然ですが、未来についての正解はありません。「正しい」が何一つわからない状態で、考えなければならないわけです。

ここに何らかの問題がある。じゃあこの問題をどう解決していこうか、と考えるとき、重要なのは、その問題を正しく理解することです。目の前にある問題は、ほとんどの場合、突然降ってわいたように出てきたわけではありません。長い年月をかけてできあがったものです。

一例を挙げましょう。

国家予算を考えるときに「シーリング」という言葉があるのをご存じでしょうか。予算編成の際、各省庁が毎年八月末までに財務省に提出する概算要求に先立ち、増額に歯止めをかけるために示される「上限枠」を指す言葉です。基本的には、来年度の予算は今年度の予算のプラスマイナスいくらまでという前提があります。つまり、これは不要だからとゼロにしたり、全く新しい項目で予算を立てたりすることが非常に難しい。無駄を省くためには、ゼロにした方がいいと分かっていても、それを実行するための仕組みがありません。

そう聞くと、どうしてそんな変な仕組みを保持しているんだ、だから日本はダメなんだと、つい思ってしまいますが、長い年月の中で、様々な有識者やステークホルダーの意見の集積として決まってきたものなので、それなりにちゃんと理由があるわけです。

もちろん、それでも変えなきゃいけない場合はあります。それを見つけた時に「こうあるべきだ」という意見を臆せずぶつけることは大切です。

とはいえ、長年の間に岩盤のように凝り固まった「正しさ」に、普通の感覚の「正しさ」をぶつけてもうまくいくはずがありません。

事実ではなくムードに踊らされる人たち

「正しい」というのは、ある意味呪縛のようなものです。

人には、信じたい情報、こうだったらいいなという願望があります。

急に華々しく成功した人間は、そのうち失敗する。善人も裏で悪いことをやっている。幸せそうな人も、そのうち不幸に見舞われるはずだ。もっと極端に走ると、世の中には陰謀が満ちていて、少数の金持ちだけが得をしている……とまで思い込むケースもあります。

ＳＮＳが浸透したことで情報は広く拡散され、新聞だけでなく様々なオンラインニュースメディアによって、どんどんリニューアルされていく。最初は「シロだ」と言っていたのが、数時間後には「クロ」になり、一日経ったらまた「シロ」になるような事態も起こっています。

目まぐるしく動く情報をずっと追いかけていくことに疲れると、ある程度のところで都合のよい結論を受け入れてしまう。世間を騒がしたジャニーズ問題でもそうでした。社会のムードやトーンによって「この人はいちゃもんをつけているだけだ」「この人は極悪人だ」と対立した意見に分かれていきました。

本来は、ムードやトーンとは別の次元に「事実」があるはずですが、感情的な意見ばかりが先走って正確な情報の把握を困難にしています。

自分にとって正しいかどうかを考えるためには事実確認が必要ですが、それを客観的にとらえられずに、先入観で見てしまう。これでは、単にムードに踊らされているだけです。

情報が沈殿するのを待つ

事実らしきものが複数錯綜している時、私は、それらが「沈殿」するのを待ちます。そうなってから、「最終的に、これはどういうことだったのか」をじっくりと考えてみる姿勢を大切にしています。

情報をタイムリーに追いかけ続ける必要はありません。追いかけるよりも待つことの方が重要です。待っているうちに落ちてくる事実を自分の中でゆっくりと受け止めたうえで「私の価値観では、これはこういうことだ」と判断する。

そして、できれば、複数の人と意見交換をしてみる。そうすると、よりはっきりと問題の本質がわかります。

政府の発表やメディアの論調に対しても同様に臨みます。

たとえば、日本には女性閣僚が少なすぎる。せめて男女同じ数にした方がいい。海外ではと、北欧などの例が紹介される。

受け身で聞いている分には、「ほんと、その通りだ！」と思ってしまうのですが、日本の場合はそもそも国会議員の女性比率が低いという現実があります。それを無視して、閣僚の男女比率を同じにした方がいいというのは、あまり意味がない議論です。

その前に、なぜそうなってきたのかという経緯に対する考察が必要です。

今この瞬間の事象だけを切り取って、あれこれ論じるのは、建設的ではありません。

世代を超えた意見交換の場が少なすぎる

今回、みなさんは他の参加者の事前レポートをご覧になって、どういう感想をお持ちになったでしょうか。

「なるほど、もっと大きく広い視野で考えた方が良いのかなと思いました」

「若い人と議論できる人がうらやましいです。もっと若い人たちの意見を聞いてみたいと思いました」

働き方改革と「ハラスメント」が年の差のある人たちの職場での交流を潰してしまった感はあります。世代間をつなぐ場が、今は無くなってしまいました。

かつての日本にはあった「職場の上司と若手が仕事帰りに飲む」文化が消えて、その結果、今は、若者は若者で、上司は上司でつるんでいる。

本来、職場の人と飲む価値は、年齢も性別も違う、当然価値観も違う人たち、特に好きでもない人たちと、いろんな話をするところにあります。気の合う人たちと「そうだよね」「その通り！」とうなずきあっているだけでは新しい発見や気付きは得られません。

まずは、問題意識を持っている大人が、身近な若者に、「今日飲みにいかない？」と誘ってみる。断られても「まあ、そう言わずに。おごってやるから」と、少し踏ん張ってみる。そういう働きかけが大事だと思います。

日本の教育が間違っている？

未来を考えるにあたって、教育を見直すべきだという意見も、根強いものがあります。

今の政治や社会について議論をすると、最後に行きつくのが教育問題で、「日本の教育が間違っている」となる。

とはいえ、教育を根本から見直して変えていくには数十年単位の時間がかかります。

「じゃあ、今さら何を言っても無理ですね」と諦めて話が終わってしまいます。

これには理由があって、おそらく、教育現場の当事者たちが今の教育制度を変えたいとは思っていないからです。

小学校も中学校も高校も、文部科学省も教育委員会も、誰もが今の制度がいちばんよいと思っています。

なぜなら、平等教育という理念が前提にあり、その中で子どもたちに差をつけるための「成績」というわかりやすい尺度があるからです。成績は勉強だけでなく、運動でも音楽でも同様です。テストの点数が良い子は、偏差値の高い学校に進学させる。走るのが速い子は、スポーツの道に進ませる。成績に基づいて進路指導をするのだから、平等だ、というわけです。

満足している当事者たちは、現行の教育制度を絶対に変えようとしないと思いますが、なにか良いアイデアはありますか。

「大学の教育を変えるには、企業の採用についての考え方を変えるのがいちばん。多様な生き方と多様なルートがあることを世の中に定着させていければいい」

まったくその通りだと思います。

ですが、現実は全くできていない。

私がよく知っている出版業界でも同様です。付き合う相手が作家を始め「変わった人」が多い出版社の社員は常識破りの発想を持った人や発想が柔軟な人がいいんですが、採用面接の話を聞くと、そつなく答える優等生タイプが高評価で、刃向かう若者は全部落としてしまうようです。

そのくせ、数年経った時に、「今の若い子は伸びない」と愚痴ったりする。

そういう状況が、ずっと続いています。

いずれ、真面目が取り柄の、挑戦しない人たちが昇進し、その中から社長になる人が現れます。

教育現場に変革を起こすために

今の日本の社長の多くは、減点主義の中で、失敗をしないように気をつけて、持ち点を減らさずにやってきた人たちです。リスクを取って冒険をしてきたようなタイプの人はあまりいません。

当然ながら採用時にも、冒険好きを選ばない。似たようなタイプの人ばかりが増えていきます。

多様性の時代だから個性が大事だと言われているのに、個性的な若者は、就職活動で相当苦労をする。

ここに矛盾があります。

企業の採用側から意識を変えるというのは、だから、かなりハードルが高いと思います。

それよりも、私の提案は、小学校教育の見直しです。小学生が変われば、中学生が変わり、高校生も大学生も変わる。

ただし、この場合に大きな課題となるのが小学生を育てる教師の質です。極端な話ですが、今の先生方を総入れ替えするくらいの大改革をしないと、小学校教育の現場を変えることはできないでしょう。


「日本全体の制度自体を変えるのは難しいので、都市の規模をもっと小さくして、それぞれの地域・自治体で独自性を持って教育するよう規制緩和するのならできるんじゃないでしょうか」

すごくよい案だと思います。ただし、これにも二つの厚い壁があります。

東京に一極集中している

ここ数十年で、多くの会社が本社を東京に移しました。

大阪発祥の名だたる企業、丸紅、伊藤忠、パナソニックなども本社機能は東京にあります。

今やインターネットで情報はどこにいても取れる上に、オンライン会議なども普及したのに、なぜ東京にいる必要があるのかと思いますが、これは「政治の中枢」の近くにいるメリットが大きいからだそうです。

おいしい情報は、東京でしか取れない。これが一つ目の壁です。

もう一つの壁は、地方の財源の貧弱さです。

企業からの税収は法人税が圧倒的に高額なのに、それは国に納められる。地方自治体は事業税のみです。結局、地方交付税の配分を待つしかない。いつまでたっても国から自立ができません。

かつて、大阪は「天下の台所」と呼ばれました。当時は世界に対抗できる町であったはずなのに、今や日本第二の都市である大阪といえども経済力はさほどありません。気がつけば、日本は戦前よりも、中央集権の国になりました。

戦前は地方に豊かな資源があり、金持ちもたくさんいた。ところが、林業が衰退し、農業や漁業も勢いを失い、地方の活力が消えてしまいました。

再び地方を元気にするにはどうすればいいのか――。長い間考え続けているテーマの一つです。

「貧すれば鈍する」を地で行く日本

ここで、みなさんからの未来への提言を三つのキーワードにまとめてみました。

①現体制の大改革
②若者への期待
③他者への視点

これらを重要なキーワードだと受け止めたうえで、未来のために私たちに何ができるのか、行動ベースで考えを深めて答えを見つけたいと思います。

前提として、大事なのが、今の日本には「お金がない」という現実です。国にもない、企業にもない、おそらく大多数の個人にもない。

最近の日本社会の停滞したムードは、まさに「貧すれば鈍する」に尽きると思います。バブル時代も、決して日本人がお金持ちだったわけではないのですが、少なくとも東日本大震災が起こるまでは、それなりに安定した社会を保っていました。あれから十年余りの間に、ガラガラと音を立てて崩れてしまったような気がします。

世界も同じです。

アメリカにドナルド・トランプのような、一見勇ましくて、無茶な政策をぶち上げるリーダーが現れる。閉塞感を感じている国民はその言動に煽られて、一部の冷静な人からすると「あり得ない」選択をすることになりました。社会が相当傷んでいる証拠です。

物価高も進んでいます。

最大の理由はロシアとウクライナの戦争ですが、これだけドルに対して安いのは各国の中で日本だけです。ユーロも、他の国の通貨もそれほど下がってはいない。世界の中で日本の円だけが安いのは、アベノミクスのせいでしょうか。本来必要ではなかった円安を、輸出を増やすという名目で進めてしまった。そのツケが、今、回ってきています。

現体制の大改革は可能か

キーワードの一つ目に挙げた「現体制の大改革」について考えてみましょう。

「既得権」「既得権益」という言葉があります。地位や権力、法律などによって、既に手にしている権利や利益を指します。既得権保持者たちは、当然ながら変化を望みません。今のままで権利を手にしているわけですから、それを守るために汲々《きゅうきゅう》としています。

政治家には、最初は「国民のために働く」という志があったはずです。

しかし、権力を一度手にすると、手放せなくなってしまう人がいる。

「既得権は許せない」「既得権保持者を叩き潰せ」といった声はあちらこちらで上がるのですが、それを実現できた例《ためし》がありません。せいぜい経済の世界で、時折起こるくらいです。その経済も、アメリカ主導のグローバルスタンダードの中での話なので、結局はアメリカが得しているだけです。

日本は、大手の老舗《しにせ》企業を潰しません。

たとえば、東芝。ひどい不正が明らかになっても経産省が必死で守りました。その理由は、大手で老舗だからです。そういう感覚がある間は、大胆なスクラップ・アンド・ビルドはできません。既得権保持者だけが、生き延びます。

未来の日本にとって大事なのは、「ダメなものは潰してしまえ」を当たり前にする感覚です。

こういう発言は、若い人からこそ出てくるべきものだと思うのですが、案外若い人の方が、現状維持を選ぶ傾向にあります。「このままでいい」と思っている人がいかに多いかの表れです。

となると、現体制を変えるというのは、今すぐできる行動としては相当難しそうです。いったん、これは〝捨て〟ましょう。

若者を巻き込むための行動を起こす

二つ目の「若者への期待」はどうでしょうか。

「明日からすぐにできる」レベルの行動を探したいと思います。

「職場の若い人とがんばって飲むようにしています。だんだんわかってきたのは、若いか

ら革新というわけでもないし、年長だから保守でもない。ごちゃ混ぜの年齢や立場で意見交換する醍醐味を感じています」

実際に接点を作ったからこその気づきですね。

じゃあ、さらにもう一押し、人生の先輩として若者たちの背中を押すために具体的にできそうな行動はありますか。

「やりたいことをやりなさい、と言ってやるくらいですかね」

「やりたいことが見つかりません」と言われたらどうしますか。

「まずは続けることが大事だと伝えたい」

レールの上を走りたがる若者たち

他にもぜひ考えてみてください。

「いろんなパターンを見せて、レールは一つじゃないとわかってもらいたい。世の中にはいろんな人がいると知ることで、もっと挑戦しやすくなると思う」

若い人たちは他人にあまり興味を持たないので、年長者がレールから外れる様子を見せても、気づかないかもしれない。レールの上を真正面だけ見据えて走りたがる若者が多い気がします。

若い人たちにこっちを向かせる方法、どなたか、何かありませんか。

「明日からすぐできて、いちばん効き目もありそうなのは、褒めることだと思います」

褒めるのは、管理職や年長者の度量です。失敗した時もリスクを取ってやるという度量。これは、ぜひ持ちたいと思います。

ただし、実際に学生アルバイトと接していて感じたのですが、今の若者は、相当褒められ馴れています。目に余るほどのダメさ加減に、「これはダメだ」と言ったら、「私は褒められて伸びるタイプなのに」と言い返されました。

重要なのは、「ダメなものはダメ」という態度を貫きつつ、ダメだったのにうまくいくようになったり、リスクを取って挑戦したりしたときに褒める毅然とした態度です。

堂々と優先席に座る若者たち

三つ目の「他者への視点」も含めて、どんどん意見交換をしましょう。

「日々実践しているのは、日常的に『ケア』の精神を持つことです。電車の中で、体のご不自由な方や妊婦さんを見たらサッと席を譲るとか、そういうレベルの話ですが」

電車の中と言えば、最近気になっている現象があります。

小説家ゆえの好奇心で、どこにいても周りを観察しているのですが、優先席に若者が座っているのをよく見かけます。目の前に老人が来ても立とうとしない。

一方、普通の席に座っている若者は、かなりの高確率で老人に席を譲ります。この差は何なんだろう、と考えました。

もしかすると、自分のことしか考えられない若者は「自分だってしんどいんだから優先席に座っていいんだ」という理屈で座っている。他者を思いやれる者は「元気な私たちは立たなきゃ」と、素直に思える。

この二極化が進んでいるような気がします。

若者を甘やかす必要はない

大人として、若者に何ができるかという話を続けてきましたが、若い人たちを甘やかすつもりは毛頭ありません。そんな必要はない。

何でも自由にしていいよ、というのは迎合であって、未来のために若者との接点を持とうと行動する大人としてふさわしい態度ではありません。

たとえば、部活の規則で頭を坊主にさせられる、校則でスカートの長さが決まっているというのは、バカバカしいとは思いますが、世の中にはルールがあって、何もかも自分のやりたいようにはできないと学ぶ機会にはなります。

先程、「とにかく続けなさい」という声をかけるという意見がありました。それにも、私は賛成です。

というのも、何事を成し遂げるにしても、最初に「形式（カタ）」を覚える必要があるからです。形式を身につけないと、次のステップに進めない。やりたいことも見えてこない。

若いうちに、「形式」の習得から逃げる癖がついてしまうと、何をやってもうまくいきません。

根性論は苦手ですが、企業が体育会系の学生を好んで採用する理由はここにあります。体育会で育った若者は、フォームや形式を身につけることの大切さ、ルールを守ることの重要さを知っています。そうじゃないと、戦えない。仕事にも形式やルールが存在する以上、体育会系育ちの学生を仲間にしたいという気持ちは十分理解できます。

「第二新卒がおいしい」理由

企業で採用を担当している人事担当者から聞いた話ですが、第二新卒と呼ばれる、就職して一～三年で仕事を辞め、次の職場を探す人たちが転職マーケットでたいそう賑わいを見せているそうです。企業側も、ウェルカム。積極的に採用しています。

なぜなら、第二新卒は、会社に対する期待が少ないからです。

最初の会社で、就職に対する幻想を知り散々嫌な思いをしたからこそ、早々と転職を志したわけです。意地悪な先輩からひどい扱いを受けた、職場環境が劣悪だった、やりたいと思っていた仕事が全然できなかったなど理由は様々ですが、いずれも「現実」を見て、失望している。

それでも、曲がりなりにも新人教育は受けているので最低限のマナーや礼儀は習得している。第二新卒が企業にとっておいしい存在たるゆえんです。

けれども、こういう考えは根本的に間違っています。

若い人たちは、企業にとっての使いやすい歯車ではなく、一緒に未来を創る仲間でなければならないはずです。

支援とは「杖」である

若者たちは、自分たちが使える武器を何も持たずに企業など社会に放り込まれてしまいます。だから、苦しい目に遭うと、すぐに諦めてしまう。

これは、教育の問題が大きいと思います。そうならないために教育はあるべきで、社会に出る前に、それを教えることが大人の重要な役割です。

そんな若者たちに対して、私たち大人が、それぞれの立場でできる支援を考えてみましょう。

ただし、支援という言葉の意味を間違ってはいけない。支援というのは、丸ごと助けることではありません。

たとえば震災後の支援活動で、被災者から「家を出るのが怖いから、買い物に行ってきてほしい」「動きたくないからお布団を敷いて」「掃除もして」と頼まれて、いつまでも応じ続けると、被災者は二度と自立した生活ができなくなってしまいます。

それは、支援ではありません。

支援というのは、「杖」の役割です。自立できない間は、支えるが、いつか「杖」無しで歩き出してほしい。

水飲み場にまでは連れて行くが、水を飲むのは自分だよと教えるのが真の支援です。

「ここまでのチャンスを与えたんだから、結果を出すのはあなた自身だよ」と送り出す。

同時に「結果が出せなかったときは、それはあなたのせいだよ」と申し渡す厳しさも必要です。

若者の投票率が低いのは誰のせいか

シルバーデモクラシーという言葉があるように、現在は、シニアを優遇する政策がまかり通っています。

これは、投票率に世代間の差がかなりあるからです。選挙での投票率が、年齢と同じ％だなどとよく言われたりします。八十代の投票率は八〇％、二十代は二〇％という意味です。

各政党は、「若者に機会を」と言いはしますが、本気では考えていない。どうせ若い人たちは投票しないのだから、投票してくれるシニア世代に向けた言葉が多くなるのは、ある意味仕方ありません。

若者の投票率が低いのは、一体だれの責任なのでしょうか。

十八歳になって選挙権を得た若者が、初めて投票に行く。候補者は、自分たちからするとみんな高齢者、おじいさんやおばあさんのような人たちです。公約を読んでも、ピンとこない。若者の問題意識にはまったく触れない内容です。自分と候補者、自分の生活と選挙との間がどんどん乖離《かいり》していくのは当然です。

投票率が低い、今の若者は政治に興味がないというのは、表面的な現象を見ているに過ぎません。今後、大人の役割として真剣に取り組まなければならないのは、「若者が主役の社会に変える」ということです。

社会にとって、日本の未来にとって、高齢者よりも若い人たちの方が重要だという視点を、我々は持たなければなりません。

ミツバチに学べ

二〇一三年に『黙示』という小説を発表しました。このとき、ミツバチの生態を相当調べました。

ミツバチは、普段、女王蜂のいる自分たちの巣を守っています。スズメバチの襲撃を始め、様々な自然の脅威から、卵や幼虫を守るために、働き蜂は犠牲になります。冬になって蜜が採れなくなると、働き蜂は何も食べなくなり、ばたばたと死んでいく。巣の中にいる雄蜂も餓死させられます。

これらはすべて、種を守るための行動です。

さらに驚いたのは、女王蜂の最後です。たくさんの卵を産んで老化した女王蜂は、側近だけを連れて巣を離れるそうです。次の女王蜂の決め方も完璧にコントロールされています。女王候補の卵が三つ用意されます。ロイヤルゼリーを使って王台を準備しますが、最初の卵から出てきた蜂が元気で女王にふさわしければ、残りの二つの卵を抹殺します。

もしも、一番目が弱くて、二番目の方が強そうなら、一番目と三番目が抹殺されます。残酷なようですが、元気な女王でなければ巣を守れません。ミツバチの世界では、これが〝自然〟です。

ミツバチからの学びは何か。

それは、すべての生物にとって最も大切なのは新しく生まれてくる命であり、種の保存だということです。

ところが、人間だけがそれをやらなくなってしまいました。若い人よりも年寄りを大事にするようになってしまったのです。

最近では「少子化」と言いますが、少し前までは「少子高齢化」と呼ばれていました。つまり、子どもが少ないのが問題だというよりも、年寄りの面倒を見る若者の割合が少ないのを問題視しているというのが、政府の本音です。子どもを産んで年寄りの世話をさせろという発想が透けて見えます。

日本はいつの間にか子どもを老人の犠牲にする社会に変わってしまった。これは、とんでもない事態です。

私たちは、子どもたちや若者たちをしっかりと押し上げていく社会をつくらなくてはいけません。

そのために、個人レベルでいいから、まずは動き出したい。

身近なところで、「すごく頑張っている」「面白いセンスがあるな」という子どもや若者を見つけて、いろんな経験を積ませてみるというのはどうでしょうか。費用はかかりますが、「そこは何とかするから、行ってこい」とサポートする文化を育てたいと思います。

日本には「担ぐ文化」があった

かつて、日本という国は、才能のある人を見出して、その人を大勢が協力して〝担ぐ〟文化を持っていました。

とんでもない天才を見つけて、周りが「こいつのやりたいことをやらせてみよう」と応援する。

天才というのは、ただ一人が現れただけでは成就しません。

「こいつはすごい」と見極めて、リスクを取ってくれる年長の責任者、会社なら上司や管理職が、まず必要です。その次に、年齢は関係なく、周りの人間たちが「みんなで応援しましょう」と神輿《みこし》を担ぐ。

こうなったとき初めて、天才はその才能を十二分に伸ばすことができます。そういう支援を当たり前のようにやってきたのがかつての日本の強みだったはずです。

可能性のきらめきを探して応援する

もう一度、神輿を担いでみませんか。

たとえば、夏休みの後に小中学校で開かれる「工作展」や「研究発表の展示」を地元企業の社長が見に行く。

すごい才能を見つけたら、「私が投資するから、何か面白いものを作ってみないか」とやらせてみる。

あるいは、近所で評判の弁が立つ子どもに、「あなたの話を聞いていると凄く面白いから、もっといろんなことを吸収しておいで」と、みんなでお金を出し合って海外留学をサポートする。

やる気さえあれば、誰にでもできるはずです。

「あなたが本気で望んでいることなら、応援するよ」と思える子どもや若者を探す。探すためには、接点が必要ですから、若者たちの輪の中に飛び込んでみる。

必ずしもお金が必要というわけでもありません。

私が日常的にやっているのは、事務所に来るアルバイトの学生たちの話をとことん聞くことです。

「何をやりたい」「何になりたい」という彼らの話を聞き、自分の人生経験を語り、助言する。

「そういうことがしたいなら、あなたが考えている職業じゃなくて、こっちの方がいいんじゃないの」

可能性のきらめきを持っている若者たちは、「あなたの選択肢はもっとたくさんあるよ」と教えてあげるだけで、大きく変わります。

若者と話す手間を惜しまない

大事なのは、話をする手間や時間を惜しまない姿勢です。

今の若者たちは、想像以上に大人との会話を求めています。飢えていると言ってもいい。

知りたいこと、分からないことが世の中にはいっぱいあるのですから、当然です。時代背景が全然違う中で育ってきた年長者に、興味を抱いてもいます。

「スマホがなくて、どうやって調べものをしていたんですか」と聞いてきた学生がいました。「それは、百科事典というものがあってね」と説明をする。ページをめくって説明を探して読んで、まだ足りない場合は、さらに別の専門書にあたるんだと話すと、「自分にはそんな面倒なことはできそうにない」と驚いている。

「君たちの時代はラクでいいよな」と嫌みを言うのではなく、自分たちはこんなふうにやってきたんだよと伝えることで対等なコミュニケーションが成立します。

そういう働きかけを、日々、私自身もやっていくし、みなさんにもやってほしいと思うのです。

天才と出会うための間口を広げる

応援する対象は、万人である必要はありません。すべての若者を意識改革するのは無理だし、そこに労力をかけるのはもったいない。

それよりも、この国をよくしたい、そのために自分に何ができるかを考えている子どもや若者を見出すために、間口を広げることを考えましょう。

先日、地方銀行で講演をした際に、「天才プロジェクトをやらないか」という提案をしました。それぞれの支店で子どもたちやせいぜい二十代までの若者から「この国、あるいはこの町をよくするためのアイデア」を募集する。面白いアイデアには、投資する。

このとき、審査員を誰にするかも大切です。

大学の教授や教育委員会、中学校の先生など教育現場の重鎮は避けた方がいい。実際にお金を出したい中小企業の社長や儲かっている商店の経営者、若者と話すことが好きで「こいつは伸びそうだ」という目利きができる大人、世の中を変えたいと願う同世代の若者たち。そういう人たちが審査をして「あなたの提案に投資したい」という動きが始まれば、どんどん成長していける可能性はある。

まずは、そういう「場」をつくる努力が大切です。

歩み寄る努力を「少し」だけする

場づくりの第一歩として、大人同士なら「飲みに行こうよ」から始めるのもいい。

先ほど、万人を対象にしなくていいと言ったのはここでも同様で、反応する相手だけで構わない。十人誘って二人しか来ないとがっかりしてしまいますが、大事なのは反応してくれた二人です。無視した八人ではない。

若い子と飲んでも面白くない、と思う方もいるでしょう。

それでも、その気持ちはぐっと抑えて、行ってみる。世代の違う人の意見は、大いに刺激を与えてくれます。話してみると、軽薄そうに見える若者が、案外しっかりと考えていると気づいたりもします。

若者たちは、少なくとも「このまま放っておくと、自分たちは数十年後にとんでもない国を背負わなくちゃいけないんじゃないか」という危機感を持っています。

最初に、大きな制度改革はすぐには難しいという話をしました。また、既得権保持者たちは今のままの日本でよいと思っているという現実もあります。

けれども、今のままではダメだと思っている人もそれなりの人数はいるはずです。そういう人たちが動き出さないと、いつか、「あのときに、何とかしておけばよかった」「あれがラストチャンスだった」という悔やみきれない瞬間を迎えることになるかもしれません。

現状を肯定している人たちは、たぶん、未来を真剣に考えてはいない。

今に満足している人が、未来の危機なんて考えるはずがありません。

だからこそ、今の時点で未来のリスクを想像できる人たちが互いに接点を持ち、コミュニケーションを重ねることがすごく大切です。

いろんな若者がいます。

信じられないほど保守的だったり、非現実的なことばかり夢想していたり、陰謀論が大好きで本当に信じ込んでいたりもします。

そういう人たちを相手に、「もっと話をしてみない?」と根気よく誘い出して会話を続けていく努力を大人がし続けることができれば、少なくとも、今よりは未来は明るくなる。今回を含め六回の講義の意義も、そこにあるのだと信じています。

あとがき

現代社会は「ウソ」に塗れている。あるいは、「正しい」や「正義」のありかを争い、時にそれが戦争にまで発展しています。

近年では、まことしやかに流される「フェイクニュース」が蔓延し、それが社会を混乱に陥れてしまうという例が後を絶ちません。

本文でも紹介したヒラリー・クリントンに向けて放たれた「ウソ」の情報によって、問題となったピザ屋を「退治しよう」とした人物が銃を発砲したように、笑い事ではすまない事件も起きています。

さらに、アポロ十一号の月面着陸は嘘だった、地球にはすでに宇宙人が到来している、アメリカの同時多発テロは米政府の自作自演だった、等々……。陰謀論こそが隠された真実だと大勢の人が信じています。

もしかして、こうした陰謀論は、「正しい」を疑った結果ではないのか……。

そんなふうに考える人もいるでしょう。

陰謀論を信じることではない

しかし、「正しい」を疑うことが、即、陰謀論を信じることには繋がりません。

疑うというのは、否定することではありません。ある情報発信者が提供した「事実」について違和感があれば、事実を検証しようという姿勢です。「まことしやかに流される情報」を鵜呑みにせず、立ち止まって考えましょうということです。

ですが、従来、メディアや権力者が主張する言葉を素直に受け入れてきた人は、その情報が正しくない可能性に混乱します。

結果として、猜疑心の塊となり、自分は「騙されてきたんだ」と思い込むと、陰謀論を信じたくなってしまうのでしょう。

本書で訴えたかったのは、その「陰謀論の罠に嵌《は》まらない方法」です。

「疑う力」を持て

ますます巧妙になるフェイクニュースや陰謀論を見抜くには、それなりの経験と見識が必要です。

その第一歩が、誰かが強く主張していること、つまり誰かの「正しい」に違和感を抱いたら、見過ごさない気構えです。そして、面倒がらずに、情報を精査する。この繰り返しによって、見識が磨かれていきます。

つまり、「疑う力」が身につくようになります。

アガサ・クリスティーをはじめとする良質のミステリーを読めば、さらにその力は磨かれるでしょう。一つの事象や出来事について、正反対の立場から「自分こそが正しい」と訴えがあるのが当たり前の社会で、疑う力によって主張者の真意を探れば、そこに潜んだ思惑が分かります。

あるいは、明らかにデマであるのに、それが多くの人に信じられている理由もつかみ取れるでしょう。

本書では、「正しい」の背後にあるもの、思いを見抜くために必要な思考方法を、現代社会にとって重要なテーマをベースに考えてきました。

さらに、そういう視点で現代社会を見つめ直し、嘆いてばかりではなく、行動することも求めました。

「ウソ」がまかり通る社会に未来はありません。

ならば、それを正し、未来に希望を抱けるように励もう――。

本書が、そう願い動き出す人たちの拠り所になることを願ってやみません。

二〇二四年三月吉日、東京にて

■参考文献、課題図書一覧

『ハゲタカ』上下巻　真山仁　講談社文庫
『タングル』真山仁　小学館
『当確師』真山仁　光文社文庫
『リベラル再生宣言』マーク・リラ著、駒村圭吾解説、夏目大訳　早川書房
『日本／権力構造の謎』上下巻　カレル・ヴァン・ウォルフレン著、篠原勝訳　ハヤカワ文庫
『葬儀を終えて〔新訳版〕』アガサ・クリスティー著、加賀山卓朗訳　ハヤカワ・クリスティー文庫
『〝正しい〟を疑え！』真山仁　岩波ジュニア新書
『マグマ』真山仁　角川文庫
『ベイジン』上下巻　真山仁　幻冬舎文庫
『シンドローム　ハゲタカ5』上下巻　真山仁　講談社文庫
『ブレイク』真山仁　ＫＡＤＯＫＡＷＡ
『黙示』真山仁　新潮文庫

謝辞

本書の執筆にあたり、慶應丸の内シティキャンパスのラーニングファシリテーター鈴木ユリさんに様々なご協力をいただきました。

また、受講生の松盛千佳さんには、事前レポートの整理をお手伝いいただきました。レポートや発言の掲載を快く許可して下さった受講生の皆さまにも感謝申し上げます。

編集協力　白鳥美子

真山　仁（まやま じん）

1962年、大阪府生まれ。同志社大学法学部政治学科卒。新聞記者、フリーライターを経て、2004年、企業買収の壮絶な裏側を描いた『ハゲタカ』でデビュー。同シリーズはドラマ化、映画化され大きな話題を呼ぶ。他の著書に『マグマ』『売国』『当確師』『オペレーションZ』『トリガー』『ロッキード』『レインメーカー』『墜落』『タングル』『ブレイク』『“正しい”を疑え！』『失敗する自由が超越を生む』など。

文春新書

1447

疑《うたが》う力《ちから》

2024年3月20日　第1刷発行

著　者　　真　山　　仁
発行者　　大　松　芳　男
発行所　株式会社　文　藝　春　秋

〒102-8008　東京都千代田区紀尾井町3-23
電話（03）3265-1211（代表）

印刷所　　理　想　社
付物印刷　大日本印刷
製本所　　大　口　製　本

定価はカバーに表示してあります。
万一、落丁・乱丁の場合は小社製作部宛お送り下さい。
送料小社負担でお取替え致します。

ISBN978-4-16-661447-9

文春新書

◆日本の歴史

渋沢家三代　佐野眞一
古墳とヤマト政権　白石太一郎
謎の大王 継体天皇　水谷千秋
謎の豪族 蘇我氏　水谷千秋
謎の渡来人 秦氏　水谷千秋
継体天皇と朝鮮半島の謎　水谷千秋
女たちの壬申の乱　水谷千秋
昭和史の論点　坂本多加雄・秦 郁彦・半藤一利・保阪正康
あの戦争になぜ負けたのか　半藤一利・保阪正康・中西輝政・戸髙一成・福田和也・加藤陽子
日本のいちばん長い夏　半藤一利編
昭和陸海軍の失敗　半藤一利・秦 郁彦・平間洋一・保阪正康・黒野 耐・戸髙一成・戸部良一・福田和也
昭和の名将と愚将　半藤一利・保阪正康
日本型リーダーはなぜ失敗するのか　半藤一利
「昭和天皇実録」の謎を解く　半藤一利・保阪正康・御厨 貴・磯田道史
大人のための昭和史入門　半藤一利・船橋洋一・出口治明・水野和夫・佐藤 優・保阪正康他
21世紀の戦争論　半藤一利・佐藤 優

なぜ必敗の戦争を始めたのか　半藤一利
歴史探偵 忘れ残りの記　半藤一利
歴史探偵 昭和の教え　半藤一利
歴史探偵 開戦から終戦まで　半藤一利
昭和史の人間学　半藤一利
十七歳の硫黄島　秋草鶴次
山県有朋　伊藤之雄
指揮官の決断　早坂 隆
永田鉄山 昭和陸軍「運命の男」　早坂 隆
ペリリュー玉砕　早坂 隆
日本人の誇り　藤原正彦
天皇陵の謎　矢澤高太郎
児玉誉士夫 巨魁の昭和史　有馬哲夫
遊動論 柳田国男と山人　柄谷行人
火山で読み解く古事記の謎　蒲池明弘
邪馬台国は「朱の王国」だった　蒲池明弘
「馬」が動かした日本史　蒲池明弘
文部省の研究　辻田真佐憲

古関裕而の昭和史　辻田真佐憲
大日本史　山内昌之・佐藤 優
日本史のツボ　本郷和人
承久の乱　本郷和人
権力の日本史　本郷和人
北条氏の時代　本郷和人
日本史を疑え　本郷和人
黒幕の日本史　本郷和人
明治天皇はシャンパンがお好き　浅見雅男
江戸のいちばん長い日　安藤優一郎
江戸の不動産　安藤優一郎
姫君たちの明治維新　岩尾光代
日本史の新常識　文藝春秋編
秋篠宮家と小室家　文藝春秋編
美しい日本人　文藝春秋編
日本プラモデル六〇年史　小林 昇
仏教抹殺　鵜飼秀徳
お寺の日本地図　鵜飼秀徳

仏教の大東亜戦争　鵜飼秀徳
昭和天皇 最後の侍従日記　小林 忍＋共同通信取材班
令和を生きるための昭和史入門　保阪正康
内閣調査室秘録　志垣民郎 岸 俊光編
木戸幸一　川田 稔
「京都」の誕生　桃崎有一郎
皇国史観　片山杜秀
11人の考える日本人　片山杜秀
昭和史がわかるブックガイド　文春新書編
遊王 徳川家斉　岡崎守恭
大名左遷　岡崎守恭
東條英機　一ノ瀬俊也
信長 空白の百三十日　木下昌輝
感染症の日本史　磯田道史
徳川家康 弱者の戦略　磯田道史
平安朝の事件簿　繁田信一
小林秀雄の政治学　中野剛志
婆娑羅大名 佐々木道誉　寺田英視

経理から見た日本陸軍　本間正人
戦前昭和の猟奇事件　小池 新
インパールの戦い　笠井亮平
東京の謎《ミステリー》　門井慶喜
歴史・時代小説教室　安部龍太郎 門井慶喜 畠中 恵
お茶と権力　田中仙堂
明治日本はアメリカから何を学んだのか　小川原正道
歴史人口学で見た日本〈増補版〉　速水 融
小さな家の思想　長尾重武
日中百年戦争　城山英巳
極秘資料は語る 皇室財産　奥野修司
装飾古墳の謎　河野一隆

文春新書のロングセラー

磯田道史

徳川家康　弱者の戦略

人質、信長との同盟、信玄との対決……次々に襲う試練から家康は何を学んで天下を取ったのか——。第一人者が語り尽くす「学ぶ人家康」

1389

エマニュエル・トッド　大野 舞訳

第三次世界大戦はもう始まっている

ウクライナを武装化してロシアと戦う米国によって、この危機は「世界大戦化」している。各国の思惑と誤算から戦争の帰趨を考える

1367

樹木希林

一切なりゆき

樹木希林のことば

二〇一八年、惜しくも世を去った名女優が語り尽くした生と死、家族、女と男……。ユーモアと洞察に満ちた希林流生き方のエッセンス

1194

牧田善二

糖質中毒

痩せられない本当の理由

どうして人は太ってしまい、またなぜ痩せられないのか。それは脳が糖質に侵された中毒だから。そこから脱却する最終的方法を伝授！

1349

堤　未果

ルポ 食が壊れる

私たちは何を食べさせられるのか?

人工肉からワクチンレタスまで、フードテックの裏側で何が起こっているのか?「食と農」の危機を暴き、未来への道筋を示す本

1385

文藝春秋刊